일상이 고고학
나 혼자 가야 여행

※ 일러두기
1. 이 책에 인용된 광개토대왕릉비문은 동아대 석당박물관 소장본입니다.
2. 이 책에 게재된 유물은 대성동고분박물관, 국립김해박물관, 국립경주박물관, 국립중앙박물관 소장품입니다.

일상이 고고학
나 혼자 가야 여행

황윤 역사 여행 에세이

책읽는고양이

가야 지역에서 출토된 금동관.
부산 동래 복천동 금동관(위),
고려 지산동 금동관(아래).
© Park Jongmoo

프롤로그

미국 영화 인디아나 존스를 어릴 적 매우 열심히 보았다. 미국의 고고학자이자 모험가로 그려진 영화 속 주인공, 인디아나 존스는 세계 여러 지역을 돌아다니며 유적을 조사하는데, 어린 마음에 그런 그의 모습이 무척 매력적이었다. 이 중 3편 '최후의 성전'은 경쟁자인 독일의 나치와 싸우며 예수가 최후의 만찬에서 사용한 성배를 찾는 내용이다. 그런데 이게 웬걸?

영화를 보니 예수가 사용한 성배는 화려하게 금과 은으로 만든 것이 아니라 가장 투박하게 생긴 것이 아닌가? 금은으로 장식된 성배를 고른 나치와 달리 인디아나 존스는 예수가 목수의 아들이었던 만큼 나무로 만든 잔이 틀림없다며 금은으로 만들어진 여러 화려한 그릇 중에서 나무 잔을 골라내면서 영화는 엔딩으로 이어진다. 이 장면을 처음 봤을 때 나는 큰 충격을 받았다. 별것 아닌 것처럼 보인 것이 가장 위대한 보물이었다니. 무엇보다 성배를 찾는 과정에서 보인 인디아나 존스의 논리,

"예수가 목수 아들이니 나무로 만든 잔."

이것은 나에게 큰 영감을 준다. 실제가 아닌 영화 속 설정에 불과했으나 그럼에도 지금 눈이 아닌 바로 그 시대 눈으로 보고 해석하는 것이 중요함을 크게 일깨워주었다고나 할까?

그 후로 인디아나 존스에게 배운 그 시대 눈으로 본다는 기준을 지닌 채 여러 역사 지역을 여행하던 나는 이번에는 새로운 여행지로 가야를 잡아보았다.

가야는 수로왕 전설과 같은 신비로운 이야기로 가득하나, 당시 실제 모습 및 전설이 지닌 중요한 의미 등에 대해서는 크게 주목을 받지 못한 것 같다. 또한 가야는 자신들의 기록을 거의 남기지 못하였기에 고구려, 신라, 중국, 일본 등의 제3자 기록을 바탕으로 그들의 역사를 파악해야 한다는 점도 그동안 가야 연구가 지닌 한계점이었다. 그럼에도 불구

하고 《삼국유사》 수로왕 전설 속에는 분명 가야인이 직접 작업한 결과물이 들어가 있지 않을까? 이 의문을 풀기 위해 1부는 광개토대왕릉비를 통해 수로왕이 활동하던 시대를 고고학 기초로 살펴보고, 2부는 남아 있는 수로왕 전설을 통해 이 중 가야인이 기록한 역사가 무엇일지 찾아보기로 했다. 곰곰이 생각해 보면, 신화 속에는 당대 현실을 기반으로 그 시대 사람들이 하고 싶었던 이야기와 상상력이 가득하다. 이에 덧붙여진 이야기를 하나씩 걷어내다 보면 오히려 신화 속에 숨어 있는 진짜 역사가 보일 것이라 여겼다. 이처럼 수로왕 전설을 당대 역사와 비교하며 가야인, 그리고 가야계 후손들이 작업한 그들의 기록을 하나씩 살펴보려 한다.

영화 인디아나 존스에서 금은으로 장식된 성배에 가려져 진짜 보물인 성배는 빛이 바랜 것처럼 가야 역시 실제 역사 흐름보다 후대에 포장된 역사가 더 부각된 것은 아닐까. 영화에서 나무로 만든 투박한 잔이 진짜 보물이었듯 지금 눈으로 보면 한편으로는 투박하게 보일지 모르나 오히려 단단하고 질긴 생명력을 지녔던 진짜 가야의 역사를 읽어보기로 하자.

차례

동아대학교 석당박물관 전경. © Hwang Yoon

동아대학교 석당박물관에 있는 광개토대왕릉비 모형.
© Hwang Yoon

동아대학교 석당박물관

"음. 오랜만에 와 보니, 이게 생겼네?"

동아대학교 석당박물관 정문에 들어서자마자 보이는 거대한 높이의 광개토대왕릉비 모형과 만난 나는 감탄의 탄성을 질렀다. 가족 모임 때문에 고향인 부산에 갔다가 다음 날, 집이 있는 안양으로 출발하기 전 아침 동아대학교 석당박물관에 들른 것이다. 사실 부산에 갈 때마다 부산박물관, 부산시립미술관 등을 가능한 한 들르곤 하는데, 동아대학교 석당박물관은 어쩌다 보니 몇 년 만에 오게 되었네.

가까이 가 보니 6.39m의 실제 크기 그대로 복제되어 내부에 전시된 광개토대왕릉비는 박물관 건물 3층에 다다를 만큼 높았다. 이전에는 같은 장소에 광개토대왕릉비 탁본 하나가 벽에 걸려 있었는데, 그때에 비해 확실히 현실감이 더 느껴지기는 한다. 덕분에 복제품임에도 남다른 권위가 느껴진다. 다만 4면을 꽉 채운 글을 1층에 서서 보려 하니 고개가 조금 아프네.

그럼 광개토대왕릉비에 대한 주제로 넘어가기 전, 동아대학교 석당박물관에 대해 잠시 이야기해 볼까?

부산에는 여러 박물관이 있지만 그중에서 대표적인 곳을 꼽는다면 시에서 운영 중인 부산박물관, 그리고 동아대학교에서 운영 중인 석당박물관이 있다. 그런데 '기껏해야' 대학 박물관이라는 대중들의 일반적 인식과 달리 동아대학교 박물관은 꽤나 수준급이다. 여러 국보와 보물을 포함하여 3만 점에 이르는 유물의 질과 양은 국가나 시에서 운영하는 웬만한 국내 박물관과 비교해도 밀리지 않는다. 거기다 전시 내용도 충실하여 고대부터 근현대까지 한국사를 전체적으로 읽을 수 있도록 잘 구성되어 있다. 박물관으로서 경쟁력과 완성도가 꽤 높다는 의미.

이 박물관은 동아대학교 창립자인 석당 정재환 박사와 그의 아들인 한림 정수봉 박사의 노력으로 만들어진 곳으로, 이들 부자는 나름 경상도 지역에

서 "부산의 간송"이라 불릴 만큼 적극적으로 문화
재를 수집한 것으로 잘 알려져 있다. 특히 6.25로 부
르는 한국전쟁 당시 전국의 피난민들이 부산으로
몰렸는데, 집안의 보물들이어서 처음에는 소중하게
바리바리 싸가지고 왔으나 생존의 극한에 서게 되
자 싸게 처분하는 사람들로 가득했다. 오죽하면 처
분된 피난민의 문화재 일부는 항구를 통해 일본으
로 건너가기도 할 정도였다. 바로 이때 한국의 문화
재를 보호하기 위하여 정재환 박사는 연고지에서
활동하며 고미술품을 대거 구입하였고, 이렇게 수
집된 소장품은 대학에 기증되어 1959년부터 동아대
박물관이 운영되기에 이른다. 그리고 1960~90년대
에는 경상도 지역의 여러 발굴 조사에 대학교 차원
에서 적극 참여하여 다양한 삼국 시대 유물을 보유
할 수 있게 된다. 이처럼 박물관의 소장품들은 상당
한 기간 동안 꾸준히 노력한 결과물임을 알 수 있
다.

그리고 2009년 동아대학교가 부민캠퍼스를 새로
만들면서 박물관은 새로운 기회를 한 번 더 맞게 된
다. 법학 전문 대학원을 유치하는 과정에 사회과학
대학, 경영대학을 새로운 캠퍼스로 옮기면서 박물
관도 이전하여 부민캠퍼스의 얼굴로 삼기로 한 것
이다. 이에 1925년 준공된 구 경남도청 건물이자

6.25 시절에는 부산 임시수도 정부청사였고 이후로 부산고등법원·부산지방법원 청사, 부산고등검찰청·부산지방검찰청 청사로 쓰이던 붉은 벽돌의 건물에 박물관을 구성하게 된다. 이곳 법원·검찰청이 거제동으로 이전할 때 동아대학교가 부지와 건물을 인수하여 만든 결과였다.

이렇듯 박물관 건축물은 한국 근현대사의 역사를 고스란히 지닌 만큼 2002년, 국가 등록 문화재 제41호로 지정되기도 했다. 특히 붉은색 벽돌이 무척 인상적이라 영화 촬영지로도 여러 번 활용되었는데, 아무래도 대중들에게는 1,000만 관객을 동원했던 노무현 대통령 일화 〈변호인(2013)〉이 가장 유명하겠군. 이외에도 〈범죄와의 전쟁〉, 〈효자동 이발사〉 등 근현대 영화의 배경으로 자주 등장하고 있나 보다.

이렇게 근현대 역사를 지닌 건물에 한국 역사를 전시하면서 랜드 마크 역할을 톡톡히 하고 있는 동아대학교 석당박물관. 추억을 더듬다 보니 2009년 오픈 직후 부산에 사는 사촌 동생과 함께 방문했던 기억이 새록새록 떠오르네. 내가 전시품을 하나하나 동생에게 설명해 주자 주변에 있던 박물관 관계자가 와서 나한테 이런저런 질문을 했던 기억이랄까. 주요 궁금증은 뭐 하는 분이냐,는 내용이었다.

첫 시작이라 사람이 드물 때 뭔가 아는 척하는 사람
이 나타나니 궁금했었나 보다.

시간이 흘러 지금은 대학의 젊은 학생들과 부산
에 놀러 오는 관광객들이 꽤 방문하면서 주변 상권
도 좋아졌고, 근처 임시수도기념관과 함께 중요한
근현대 역사 거리로 이어지며 부산이라는 도시 정
체성과 스토리텔링까지 구축되었다고 한다. 하나의
박물관이 만들어낸 변화로서 참으로 아름다운 모습
이다. 참고로 박물관 방문객 숫자 역시 꾸준히 늘고
있다고 한다. 대학 박물관으로는 단연 전국 최고 수
준인 한 해 8만 명 정도로 들은 것 같다. 다만 부산
지역 부자들이 석당 정재환 박사 유지를 이어받아
주요 고미술품을 구입하여 이곳에 기증한다면 더욱
멋진 곳이 될 수 있지 않을까? 그런 생각을 해본다.
예를 들어 이곳에 국보, 보물급 달 항아리 한 점 있
으면 참 좋겠는데…. 엉뚱한 이야기를 더 하기 전에
이쯤에서 넘어가자.

광개토대왕릉비

　오랜만에 박물관 전시장을 쭉 돌고 와서 나는 다시 4면 가득 글이 적혀 있는 광개토대왕릉비 앞에 섰다. 힘 있게 새겨진 글자에서 고구려의 강대한 기상을 느낄 수 있는데, 동아대 박물관의 광개토대왕릉비는 표면이 검고 매끄러운 반면 그와 대비되게 나름 글자를 잘 보이도록 하얗게 칠해 두어 글자 하나하나가 한 눈에도 확실하게 보인다. 그런 만큼 본래 것과 완전 똑같이 복제한 것이 아니라 교육용으로 만든 느낌이다.

　한국에는 생각보다 광개토대왕릉비 복제품이 꽤 많이 있으니, 예를 들면… 음, 용산의 전쟁기념관 야외에 설치된 광개토대왕릉비, 천안의 독립기념관에 설치된 광개토대왕릉비 등이 우선 생각나네. 이들은 음각으로 글자를 새겨놓은 본래 것과 똑같이 복제한 것이라 설사 비석의 웅장한 모습에 감탄은 해도 표면은 거칠고 글자 역시 제대로 확인할 수 없다. 얼핏 글자가 새겨진 형태만 보일 정도라 할까?

뭐 어쨌든 설치한 측의 의도에 따라 다양한 모습의 광개토대왕릉비가 만들어지는 것은 좋은 현상으로 보인다. 덕분에 용산 전쟁기념관과 천안의 독립기념관에는 2~3초 정도만 슬쩍 보고 지나갔던 광개토대왕릉비를 동아대에서는 계속 보게 되네. 본래 글자 자체가 시원시원한데다 하얘서 잘 보이니까. 그럼 한 번 읽어볼까?

정면의 글을 보니 첫 시작으로 "始祖鄒牟王(시조 추모왕)"이 보이고 그는 "北夫餘天帝之子(북부여 천손의 아들)"란다. 뒤이어 "母河伯女郞(어머니는 하백의 딸)"이다. 剖卵降出生子(알을 깨고 출생한 그는)…. 음, 난생 설화네. 이 뒤의 내용은 다음과 같다.

왕께서 나룻가에서 "나는 천제(天帝)의 아들이며 하백(河伯)의 따님을 어머니로 한 추모왕(鄒牟王)이다. 나를 위해 갈대를 연결하고 거북이를 물에 띄우라."라고 하셨다. 말이 끝나자마자 곧 갈대가 연결되고 거북 떼가 물 위로 떠올랐다. 강물을 건너가서, 비류곡(沸流谷) 홀본(忽本) 서쪽 산 위에 성을 쌓고 도읍을 세웠다.

한국인이면 매우 익숙한 이야기이다. 알에서 태어난 영웅 이야기인 난생 설화는 유독 한민족의 여러 시조에게 보이는 신화이기도 하다. 광개토대왕릉비를 보듯 고구려를 세운 주몽이 그러하고, 이 외에도 부여의 시조인 동명왕, 신라의 박혁거세, 신라의 석탈해, 가야의 수로왕 등이 바로 알에서 태어난 시조들이다. 이들의 전설은 고려 시대에 집필된 《삼국사기》, 《삼국유사》 등에 잘 기록되어 있다. 그렇다면 광개토대왕릉비에 나오는 난생 설화가 남아 있는 기록 중 가장 앞선 시기일까나?

광개토대왕릉비는 414년, 그의 아들인 장수왕이 아버지를 추모하기 위해 만든 비석으로 중국 길림성에 위치하고 있다. 압록강 바로 북쪽이라 북한이 코앞인 곳이다. 그리고 그 주변에는 광개토대왕의 능과 그의 아들인 장수왕의 능이 있다. 즉 고구려의 가장 위대한 시기를 상징하는 유물이라는 의미다. 또한 당대 고구려인들의 세계관과 역사를 그대로 기록하고 있어 그 가치도 상당하다 하겠다. 《삼국사기》, 《삼국유사》처럼 고구려가 멸망하고 수백 년 뒤

에 고려인의 관점의 기준에 따라 어느 정도 객관화
되어 기록된 역사와는 다른 느낌이랄까? 그런 만큼
날것 그대로의 내용이라 하겠다. 그래서 나는 이런
글을 만날 때마다 마치 회를 먹는 느낌이 난다. 음.
생각난 김에 오늘 점심은 회로 해야겠다.

　다시 이야기로 돌아와서, 하지만 남아 있는 난생
설화의 기록 중 광개토대왕릉비가 가장 앞선 것은
아니다. 그보다 300여 년 훨씬 앞서 1세기에 중국
후한(後漢) 학자 왕충(王充, 27~97)은 저서《논형(論
衡)》에 동명왕 설화를 다음과 같이 기록한다.

　　북이(北夷) 탁리국 왕의 여종이 임신하였다. 왕
　이 죽이려 하니, 여종이 대답하여 말하기를 "달걀
　만 한 크기의 기운이 하늘에서 저에게로 와 임신하
　게 되었습니다." 하였다. 후에 아들을 낳자 돼지우
　리에 던져두었으나, 돼지가 입김을 불어넣으니 죽
　지 않았다. 다시 마구간에 두어 말이 밟아 죽이도
　록 하였으나, 말이 또한 입김을 불어넣어 죽지 않았
　다. 왕이 하늘의 아들(天子)인가 여겨, 그 어미가 거
　두어 기르도록 하였다. 이름을 동명(東明)이라 하
　고 소와 말을 기르도록 하였다.
　　동명이 활을 잘 쏘았기에 왕은 나라를 빼앗길
　것을 두려워하여 죽이고자 하였다. 이에 동명이 남

쪽으로 도망하여, 엄호수에 이르러 활로 물을 치니 물고기와 자라가 다리를 만들었다. 동명이 건너자 물고기와 자라가 다리를 풀어버리니 추격하던 병사들이 건널 수 없었다. 부여에 도읍을 정하고 왕노릇을 하였다.

동명의 어미가 처음 임신했을 때, 기가 하늘에서 내려오는 것을 보고 동명을 낳고, 버렸으되 돼지와 말이 입김을 불어주어 죽지 않았고, 성장하자 왕이 죽이려 함에 활로 물을 치니 물고기와 자라가 다리가 되어 주었다. 이는 천명이 그 죽음을 마땅치 않게 여겼기 때문이다. 그러한 까닭에 돼지와 말이 목숨을 구해줘 부여에 도읍하여 왕이 된 것이며, 물고기와 자라가 다리를 만들어주는 도움이 있었던 것이다.

엉? 내용이 고구려를 세운 주몽과 거의 80% 같은 것이 아닌가? 북쪽에 있던 나라에서 태어난 활 잘 쏘는 영웅이 남쪽으로 넘어가서 나라를 세웠다는 이야기 구조가 말이지. 다만 《논형》에 등장하는 동명왕은 부여를 세운 시조이다. 즉 고구려의 시조와는 다른 인물이라는 의미. 그렇다면 부여에서 갈라져 고구려를 세운 주몽이 과거 부여에 존재하던 완성도 높은 설화를 가져와서 자신에게 그대로 입힌

정오표

일상이 고고학, 나 혼자 가야 여행

26쪽 밑에서 3째 줄 "는 다른 인물이라는 의미." 문장 다음에 아래 문구가 누락되어 바로잡습니다.

또한 달걀만 한 크기의 기운이 하늘에서 와서 임신한 후 아들이 태어났다는 이야기 구조이므로 아예 사람이 알을 낳았다는 고구려 신화와는 조금 다르기도 하다. 이를 미루어볼 때 나름 난생 설화의 발전 단계를 보여준다 하겠다. "달걀만 한 기운"이라는 표현이 시간이 지나 응용되면서 "알로 태어난"으로 변모한 것이다.

※읽는 데 큰 불편을 드려 죄송합니다.

것으로 추정할 수 있겠다. 아님 주몽의 후손이 선조의 격을 높이기 위해 입혔을 수도 있겠고…. 그리고 이렇게 건국 시조의 탄생을 신비화시키고 강력한 권위를 부여하기 위하여 알 속에서 태어났다고 하는 설화는 시간이 지나며 조금씩 변형되어 한반도 남쪽 가야, 신라의 시조에게까지 등장하게 된 것이다.

이처럼 난생 설화는 한 지역이 외부에서 들어온 고급문화를 지닌 집단에 의해 급속한 발전이 이루어지고 그 결과 고대 국가로의 성장까지를 압축적으로 축약하여 설명하는 설화라 할 수 있겠다. 또한 한반도 역사에서 한때 고급문화를 지닌 집단의 북에서 남으로의 이동이 사회 발전에 무척 중요한 계기가 되었음을 보여준다.

그럼 더 해석해 볼까

앞서 보듯 광개토대왕릉비는 우리에게는 주몽으로 익숙한 추모왕이라 불리던 고구려 시조를 언급하는 것으로 시작한다. 또한 비문에 따르면 위대한 시조인 주몽의 17대손이 바로 광개토대왕이란다. 결국 고구려 왕계의 뿌리를 설명하고, 광개토대왕이 이와 같이 위대한 영웅의 피를 이어받았다는 것을 소개하기 위해 도입부로 주몽 이야기가 먼저 시작된 것이다.

뿌리에 대한 언급이 끝나자 이제 진짜 주인공 이야기이다. 우선 광개토대왕이 18세에 왕위에 올라 연호를 영락(永樂)이라 하였으며 많은 공을 세운 뒤 39세에 돌아가셨다고 기록하고 있다. 이렇게 비문은 광개토대왕의 삶에 대해 간단히 요약하여 언급한 후, 다음으로 그가 세운 구체적 업적을 쭉 배열한다.

북방 어디를 토벌하고 소·말·양을 포획하고 영토를 사찰하고 사냥을 하고…. 이런 내용이 쭉 나오더니, 근대 이후 지금까지 한·중·일 간 해석에 있어 서로 다른 주장으로 팽팽하게 논란이 된 부분이 드디어 등장한다.

百殘新羅舊是屬民由來朝貢(백잔*과 신라는 과거 고구려의 속민이 된 이래 조공을 바쳤는데)

而倭以辛卯年來渡海破百殘▨▨新羅以爲臣民 (왜가 신묘년 이래 바다를 건너 백제 ▨▨** 신라를 함락(破)하고 신민(臣民)으로 삼았다.)

와우. 나도 이 부분을 책이 아니라 비석을 통해 직접 읽어보는 것은 이번이 처음이다. 뭐, 정확히 말하자면 여러 번 책을 통해 읽은 경험이 있다 보니 아는 한자가 보이면 대충 따라가 보는 것에 불과하지만 정말로 광개토대왕릉비 1면에 제대로 새겨져

*백잔 : 백제를 낮춰 부른 말, 이하 백제로 통일하였음.
**▨▨ : 광개토대왕릉비문 인용 중 글씨가 훼손되어 확인할 수 없음을 나타내는 표기임. 글자 수만큼 표기하였음.

있군. 역시 동아대 석당박물관에서 비문 글씨를 강조하는 방식의 전시는 나 같은 사람에게는 훌륭한 콘텐츠 같다.

그런데 왜 이 부분이 논란이 되는가 하면, 단순히 읽으면 말 그대로 왜가, 즉 일본이 신묘년(391년) 바다를 건너 백제, 신라 등을 무너트리고 신민으로 삼았다고 기록되어 있기 때문이다. 일본이 정말로? 무엇보다 고구려에 의한 동 시대 기록이라는 점이 특히 무섭게 다가온다. 그리고 왜 비문에는 백제라 쓰지 않고 백잔으로 썼을까. 그럼 다음 내용은 무엇일까?

396년, 광개토대왕이 친히 병사를 이끌고 백제를 공격하여 수도 주변을 공략, 승리하였으며 58성을 함락시켰다. 그러자 백제 왕은 항복하였다. 399년, 광개토대왕이 평양에 와 있을 때 신라 왕이 사신을 보내 "왜인이 국경에 가득 차 성지(城池)를 부수고 저를 왜(倭)의 민(民)으로 삼으려 하니 왕에게 귀의하여 구원을 요청합니다."라 하였다. 이에 고구려에서는 400년, 보병과 기병을 합쳐 5만의 병력을 파견하여 신라를 구원하니 왜적이 퇴각한다.

그리고 이어지는 내용으로

背急追至任那加羅從拔城(왜를 급히 쫓아가서

임라가야의 종발성에 이르니)

城卽歸服(성은 곧 항복하였다.)

安羅人戍兵(이에 수비하는 군사로 신라인을 안
치하였다.)

로 이어진다. 오호라. 임라가야의 등장이다.

2면은 여기까지고 3면으로 이어지는데, 동아대
석당박물관의 광개토대왕릉비가 건물 안에서 박물
관 한쪽 벽을 등 뒤로 하고 세워져 있어 3면은 읽을
수 있는 각이 거의 안 나온다. 보려고 고개를 들다
가 머리에 피가 몰려 코피가 나올 정도니 포기. 다
만 그 내용을 축약한다면 왜의 퇴각 직후 신라 왕이
처음으로 직접 고구려로 와서 조공을 바쳤으며, 광
개토대왕의 다른 공략 이야기가 더 이어지더니 최
종적으로 광개토대왕이 왕이 되어 공파(攻破)한 성
(城)이 64개, 촌(村)이 1,400이라며 그의 삶에 대한
이야기는 마감된다.

비석이 세워진 진짜 이유

다음은 광개토대왕이 죽은 후의 이야기다. 사실
상 이 비석이 세워진 가장 중요한 이유가 언급된다.
3면 중간부터 4면까지가 그것으로, 수묘인(守墓人)
즉 왕릉을 지키고 관리하는 노비들에 대한 이야기
가 그것이다. 그런 만큼 비문의 내용 중 가장 길고
세세하며 지루한 부분이기도 하다. 여러 지역에서
뽑혀온 수묘인들의 출신지 및 그 숫자가 하나하나
다 기록되어 있으니까. 얼마나 세세한지 마치 재산
목록 같은 느낌이다. 일부만 살펴보면

매구여(賣句余)는 국연(國烟)이 2가(家), 간연
(看烟)이 3가(家). 동해고(東海賈)는 국연이 3가, 간

연이 5가. 돈성(敦城)은 4가(家)가 다 간연. 우성(于城)의 1가는 간연으로, 비리성(碑利城)의 2가는 국연. 평양성민(平穰城民)은 국연 1가, 간연 10가(家). 자련(訾連)의 2가(家)는 간연. 배루인(俳婁人)은 국연 1가, 간연 43가…. (생략)

이처럼 너무나 세세하다.

한편 비문에 따르면 광개토대왕은 본래 자신이 정복한 지역의 사람만으로 묘지기를 쓰고자 하였다. 이에 한(韓)과 예(穢)의 220가(家)를 수묘인으로 삼았는데, 데리고 온 220가는 대부분 광개토대왕이 생애 중에 함락시켰던 64성의 사람들이었다. 물론 64성 중 58성이 백제로부터 함락시킨 성이니 아무래도 백제인이 많았겠지. 복속시킨 신라, 가야 사람도 일부 있을 테고. 하지만 아들 장수왕은 즉위 후, 아버지가 정복하여 데려온 포로들이 타 지역 사람이라 수묘의 예법(禮法)을 잘 모를 것을 염려하여 다시 고구려인 110가를 더 데려왔다. 즉 도합 330가(家)이다.

마지막으로 비석은 광개토대왕의 유언을 기록하며 끝낸다.

"선조 왕들 이래로 능묘에 석비(石碑)를 세우지

않았기에 수묘인들이 뒤섞이게 되었다. 오직 광개토대왕께서 선조 왕들을 위해 묘상(墓上)에 비(碑)를 세우고 그 연호(烟戶)를 새겨 기록하여 착오가 없게 하라 명하였다. 또한 왕께서 규정을 제정하시어, "수묘인을 이제부터 다시 서로 팔아넘기지 못하며, 부유한 자가 있을지라도 함부로 사들이지 못할 것이니, 만약 이 법령을 위반하는 자가 있으면, 판 자는 형벌을 받을 것이고, 산 자는 자신이 대신 수묘(守墓) 하도록 하라"고 하였다."

이처럼 광개토대왕릉비의 진짜 목적은 따로 있었다. 이를 위해 위대한 주몽의 피를 지닌 정복자 광개토대왕의 업적 및 그가 함락하여 확보한 영토를 세세히 이야기하였고 해당 점령지에서 데리고 온 수묘인의 출신을 각기 언급한다. 그리고 광개토대왕이 생애 공을 세워 확보한 수묘인을 사후 고구려 내 아무리 권력을 지닌 귀족이라 할지라도 함부로 팔고 사지 못한다고 명시하였다. 그 결과 이들이 대대로 자신의 무덤 주변에서 땅을 개간하고 농사를 지으며 나온 이익으로 능을 관리하도록 한 것이다. 그리고 이러한 수묘인들을 통해 후대까지 생애의 위대한 업적이 증명되도록 한다. 물론 죽은 위대한 왕의 노예로서 대대로 이어지는 삶이라 하겠다.

330가(家)이니 곱하기 5를 하면 적어도 1650명 정도가 바로 자손 대대로 죽은 광개토대왕의 노비로서 능을 관리할 이들이었겠군.

이와 같이 수묘인, 즉 자신이 확보한 재산을 후대의 권력자로부터 영원토록 보호하기 위한 선언문이 담긴 것이 광개토대왕릉비였다. 물론 이와 같은 능수묘인의 제도화는 고구려의 왕권 강화와 연결되는 중요한 일이기도 했다.

《삼국사기》속 광개토대왕

자 그럼, 광개토대왕릉비 해석은 정말 대충 끝냈고, 석당박물관 밖으로 나가자. 휴우. 한동안 집중해서 문자를 보며 능력에 비해 과하게 공부를 좀 했더니 시원한 바람이 더욱 기분 좋다. 스마트폰을 꺼내 시간을 보니 벌써 오전 11시 30분이네. 10시에 들어왔으니 꽤 오래 있었군. 그럼 광개토대왕릉비를 보다가 갑자기 생각난 회 파는 가게가 주변에 있는지 찾아보기 전, 생각을 정리해 보자. 잠시 박물관 야외 벤치에 앉아 《삼국사기》를 포함한 한반도 기록에서는 광개토대왕이 어떻게 기록되어 있는지 기억해 볼까?

광개토대왕릉비는 414년 만들어졌으며 위대한

왕이었던 만큼 고구려가 존재했던 시대까지는 능역시 잘 관리되었을 것이다. 하지만 그로부터 250여 년 후인 668년에 고구려가 멸망하고 평양 이남까지만 신라가 직접 통치를 하게 되면서 광개토대왕릉비는 점차 옅어진 기억으로 사라진다.

그렇게 고구려 멸망 뒤에도 수백 년의 시간이 더지나 1145년, 고려의 김부식은 삼국의 역사가 담긴 《삼국사기》를 편찬한다. 한데 《삼국사기》에 남겨진 광개토대왕의 기록을 보면 백제 공략 이야기가 물론 담겨 있으나 그보다 더 많은 기록은 선비족이 세운 후연(後燕, 384~409)과의 전쟁이다. 당시 하북과 요서를 지배하던 후연은 상당한 실력을 갖춘 강국이었다. 이에 요동 지역의 지배권을 두고 고구려와 일진일퇴의 공방을 벌이고 있었는데, 그런 만큼 광개토대왕은 후연과의 전쟁에 꽤 많은 신경을 쏟았다. 결국 후연은 고구려와의 전쟁에서 패한 후 나라까지 무너지게 된다. 이로써 요동에 대한 고구려의 지배권은 더욱 탄탄해진 것이다.

이처럼 고구려 입장에서 보면 백제에 대한 승리만큼이나 후연과의 승리도 값진 결과였다. 허나 흥미롭게도 광개토대왕릉비에는 후연과의 전투에 대한 기록은 거의 보이지 않는다. 광개토대왕의 공적을 세세히 설명하는 부분 거의 끝에 이르러 407년

기록으로

十七年丁未敎遣步騎五萬□□□□□□□□
師(영락 17년 정미에 보병 기병 5만을)
　□□合戰斬煞蕩盡所獲鎧鉀一萬餘領軍資器械
不可稱數還破沙溝城婁城□住城□城□□□□□
城(전투를 벌여 모조리 참살하고 노획한 갑옷이 만
여 벌, 군수 물자는 그 수를 셀 수 없었다. 돌아오며
사구성(沙溝城) 루성(婁城) □주성(□住城) □城□
□□□□城을 함락(破)하였다.)

　라는 부분이 있는데, 여기서 고구려 5만 명과 싸
운 세력이 백제인지, 후연인지 학자 간 의견이 분분
할 뿐이다. 비문 상당 부분이 읽을 수 없게 되어서
상대방을 알 수 없으니 말이지.《삼국사기》와 비교
하여 전체 흐름으로 볼 때는 후연 같기는 하다만….
여하튼 광개토대왕은 백제와 후연 등 주변 고구려
라이벌과의 전쟁에서 모두 큰 승리를 맛보고 412년
돌아가셨으니, 짧은 삶이지만 이룩한 업적에 있어
서는 충분히 만족하셨을 듯.
　이처럼《삼국사기》기록과 비교해 보아도 광개
토대왕릉비에 기록된 승리의 기록은 역시나 자신의
수묘인과 관계가 있는 전투만을 특별히 뽑아서 정

리한 것임을 알 수 있다. 수묘인 출신지의 대부분인 백제가 광개토대왕릉비 전쟁 내용에 있어 가장 자세하고 많은 것도 그 때문.

한편《삼국사기》광개토대왕 기록에는 후연과의 전쟁 내용은 그나마 많이 남겨져 있는 반면 백제 전쟁은 많이 생략되어 있고, 남쪽 저 멀리 가야 원정이나 신라 왕의 조공 등의 내용은 아예 보이지 않는다. 아무래도 김부식이 광개토대왕릉비의 존재를 몰랐기 때문에 나온 결과였을 것이다. 알았더라면 이렇게 세세한 기록이 남긴 비석의 내용으로 이야기를 충분히 채웠을 테니까. 즉 고려 시점에는 이미 광개토대왕릉비의 존재는 잊힌 기억이 된 듯하다.

한참을 지나 조선 시대 기록에 광개토대왕릉비가 다시 등장한다. 조선 세종 27년(1445)에 지어진 용비어천가에 따르면 "성의 북쪽 7리 떨어진 곳에 비석이 있고, 또 그 북쪽에 돌로 만든 고분 2기가 있다."고 하였다. 이는 곧 현재 길림성의 광개토대왕릉비와 태왕릉, 장군총을 의미한다. 다만 당시 조선인들은 이를 여진족 유적으로 오인하고 있었다. 그 뒤로도 조선 기록에 종종 등장하지만 오래전 여진이 세운 금나라 황제의 능과 비석으로만 기록되었다.

그러다 19세기 후반 여진족이 세운 또 다른 나라

인 청나라가 휘청하면서 만주에 여러 세력이 들어오기 시작하였고 이때 드디어 광개토대왕릉비가 주목받게 된다. 당시 크게 유행하던 금석학 연구에 있어 새로운 자료가 등장하였기 때문이다. 금석학은 비석 등에 새겨진 글을 연구하고 과거 사용된 글씨체까지 공부하는 학문이었다. 이러한 과정에서 해당 비문의 해석에 특히 관심을 보이는 세력이 있었으니, 그들은 바로 한창 근대화에 집중하던 일본이었다.

2

김해로 가보자

중국집 영의루

"음. 회 파는 가게가 안 보이네?"

석당박물관 앞에 서서 길 건너 상권을 쭉 보는데, 간판에 회나 스시 가게가 안 보인다. 이곳이 다름 아닌 부산이니 없을 리가 없는데, 찾기 귀찮네. 그냥 이곳에 오면 매번 가는 아는 가게를 가자. 근처에 맛있는 중국집이 있다.

박물관에서 길을 건너지 말고 그대로 보도를 따라 남쪽으로 3~4분 정도 내려가면 영의루(永義樓)라는 붉은색 간판이 보인다. 조금 오래된 건물인데, 딱 보아도 동네 숨은 맛집 포스가 느껴진다. 들어가자. 메뉴에는 중국 요리가 쭉 있는데, 나는 이곳에 올 때마다 볶음밥을 주문한다. 벌써 침이 고이는군.

주문 후 얼마 뒤 통새우가 듬뿍 들어간, 달걀옷을 잘 입힌 볶음밥이 나온다. 짜장 소스와 비벼서 먹는다. 오호. 오랜만에 먹어도 그 맛은 여전하군. 다른 가게와 달리 짬뽕 국물이 아니라 예전 스타일로 시원한 계란국을 주는 것도 이 집의 장점.

냠냠 쩝쩝 먹고나니, 배도 부르고 이제 부산역에서 KTX를 타고 광명역으로 가야겠다. 가게 밖을 나와 시계를 보니 12시 20분. 2시 기차니까 여유 있네. 음. 그런데 말이지. 조금 아쉬운 생각이 든단 말이지. 동아대 석당박물관을 들렀는데, 우연치 않게 광개토대왕릉비를 보게 되었고…, 광개토대왕릉비를 보니 400년, 고구려의 5만 대군의 남방 원정을 확인할 수 있었다. 그런데 바로 이 남방 원정이 한반도 남부, 그러니까 경상도 지역에 어마어마한 역사적 흐름을 새로이 만든다. 기존의 파워 게임에 거대한 변화가 일어난 것이다. 고대 시대 가야, 신라, 왜 이렇게 여러 세력이 복잡하게 교류하던 경상도 남부. 이곳 흐름에 강대국 백제가 관심을 보이기 시작했고, 백제를 견제하려던 고구려까지 병력을 투입하면서 생겨난 변화였다.

광개토대왕릉비를 안 보았다면 사실 여기까지 생각을 이어갈 필요가 없었는데, 보게 되었으니, 그래. 나는 스마트폰을 꺼내서 코레일 어플을 켰다.

그리고 KTX로 광명 가는 것을 취소한다. 대신 김해로 출발하자. 왜 김해냐고?

아까 광개토대왕릉비를 해석하다 나온 부분 중 고구려 5만 대군이 경상도 지역으로 파견되고 나서

背急追至任那加羅從拔城(왜를 급히 쫓아가서 임라가야의 종발성에 이르니)

城卽歸服(성은 곧 항복하였다.)

安羅人戍兵(이에 수비하는 군사로 신라인을 안치하였다.)

가 기억날 것이다. 여기서 등장하는 임라가야가 바로 금관가야를 의미하며, 금관가야가 있었던 중심지가 바로 현재의 김해이기 때문이다. 즉 생각난 김에 김해로 가서 광개토대왕 남부 원정의 실제 증거까지 확인해 보도록 할까. 그럼 출발.

김해에서 확인해야 할 것 세 가지

우선 동아대 박물관 앞에서 버스를 타고 사상역으로 간다. 버스를 타고 조금 올라가니 부산의 명문 고등학교였던 경남고 주변을 통과해서 가는 중. 예전에 경남고가 참으로 명문이었나보다. 유명한 인물들이 많이 나왔지. 예를 들어 최동원. 음. 아버지가 또 다른 명문 고등학교였던 부산고 출신이라 어릴 적 이런저런 야구 관련 이야기를 들었는데, 가만 생각해 보니 부산고 출신으로는 염종석이 있군. 최동원은 1984년 롯데를 우승시켰고, 염종석은 1992년 롯데를 우승시켰다. 하지만 92년 뒤로 부산 프로야구는 우승을 전혀 못 하고 있다. 도시의 야구 열기에 비한다면 참으로 황당한 일이다.

한편 부산에 야구 인기가 특별히 많은 이유 중 하나가 가까운 일본 영향을 받아서라고 하더군. 일본이야 오래전부터 야구 인기가 엄청났었으니까. 어릴 적 기억에 부산에서는 대마도로 송출 중인 일본 TV가 잡혀서 일본 프로 야구를 볼 수 있었다. 그래서 부산은 우리보다 뛰어난 실력을 지닌 일본 야구, 그리고 수준 높은 일본 야구장을 보며 야구를 보고 즐기는 문화가 함께 발전하게 된다. 반대로 요즘은 부산에 방문하는 일본인들이 참 많아졌는데, 관광객의 비중 중 지리적으로 가까운 후쿠오카 및 규슈 지역이 많다고 하는군. 특히 세계적 아이돌이 된 BTS의 부산 출신 멤버와 관련한 관광지에는 일본인들도 어떻게 정보를 알아냈는지 참 많이 방문하고 있다.

그런데 이렇듯 한반도 남부와 일본 간의 교류 및 영향은 현재 시점에서만 볼 수 있었던 것이 아니다. 고대 시대부터 바다를 건너 두 지역 간 교류는 꾸준히 이루어졌고, 그 결과가 지금까지 이어지고 있는 것이다. 좋을 때도 있고 나쁠 때도 있고 하면서 말이지.

사상역에 도착하여 편의점에 들러 토마토 주스를 산 뒤 이번에는 경전철을 탄다. 경전철인 만큼 그리 커다란 열차는 아닌데, 높은 다리 위로 달리기 때문에 마치 공중 여행을 하는 느낌이다. 경전철을 자주 타는 분이야 익숙하겠지만, 가끔 부산에 와야만 타는 나에게는 재미있는 여행이 된다. 시원하게 바깥 풍경을 보며 가다 보니 여행에서 확인할 것을 체크해야겠다는 생각이 든다. 기분 따라 막 내키는 대로 여행하면 안 되니까.

첫째, 광개토대왕릉비에 나온

百殘新羅舊是屬民由來朝貢(백제와 신라는 과거 고구려의 속민이 된 이래 조공을 바쳤는데)
而倭以辛卯年來渡海破百殘▨▨新羅以爲臣民 (왜가 신묘년이래 바다를 건너 백제 ▨▨ 신라를 함락(破)하고 신민(臣民)으로 삼았다.)

부분에 대한 확인이 목표다.

이 비문 해석에 대해서는 19세기 후반 이후 지금까지 정말 많은 논의가 있었는데, 예를 들어 《일본서기》와 연결하여 일본 군대의 한반도 진출을 의미한다는 주장, 문자를 일부러 일본이 훼손하여 자신들의 역사에 유리하게 해석하도록 만들었다는 주장, 읽을 수 없게 된 글자에 다른 의미가 있었다는 주장, 바다를 건넜다는 것의 주어가 일본이 아닌 고구려라는 해석 등등이다. 한일 간 민족주의적 관점이 투영되어 서로 유리하게 보느라 바빴던 것이다. 그러나 현재는 한·중·일 학자들 모두 저 문장을 그대로 읽고 해석하는 경향이 강해졌다. 대신 정말로 당시 일본이 바다를 건너 백제, 신라 등을 함락시키고 통치할 수 있는 실력이었는지에 대한 의문을 고고학적으로 비교하여 논리를 구성하고 있다.

현재 논리가 이러하니 김해에 가서 고구려 원정이 있었던 400년을 기점으로 그 이전 가야의 위세와 능력을 확인하고, 이것을 바탕으로 동 시대 일본 문화와 비교하여 정말로 일본이 한반도 남부를 통치할 능력이 있는지 알아보기로 하자.

둘째, 김해에 가는 김에 금관가야의 시조 수로왕릉을 방문하여 난생 설화에 대해 고민해 보자.

앞서 보았듯이 난생 설화는 광개토대왕릉비에도 등장할 만큼 동 시대 유명한 신화였다. 그런데 《삼국유사》에 따르면 가야의 건국자인 수로왕 역시 고구려 신화와 유사하게 알에서 태어난 영웅의 조건을 갖추고 있다. 뿐만 아니라 신라의 건국자 박혁거세와 더불어 신라의 석탈해와 김알지도 난생 설화를 가지고 있다. 이처럼 난생 설화가 지금의 경상도 지역에서 특별한 인기를 누린 점이 흥미롭다. 그 과정에 가야와 신라가 서로 영향을 주고받은 것은 없었을까?

이에 수로왕의 전설을 고민해 보며 난생 설화에 대한 나의 생각을 정리해 보기로 하자. 뭐 이 정도면 예약한 KTX를 갑자기 취소한 이유로 충분하겠지. 목표한 구경을 다 끝내면 마지막으로 김해버스터미널로 가서 수원행 버스를 타고 집으로 돌아가면 된다. 계획은 굿.

어느덧 경전철은 달리고 달려 김해의 박물관역에 도착했다. 나는 여기에서 내려 궁금증을 풀기 위한 목적지 중 하나인 대성동 고분군을 향해 가기로 한다. 시계를 보니 오후 1시 30분 정도네. 부산에서 김해까지 딱 한 시간 정도 걸렸구면.

대성동 고분군, 그중에서도 29호분

평지에 유독 솟구쳐 있는 언덕 주변으로 여러 고분이 있는 장소가 바로 김해의 대성동 고분군이다. 1990년대 고분 조사 전에는 한때 채소를 키우는 장소였다는군. 음. 역에서 내려 다리를 건넌 후 대성동 고분군이 있는 장소로 천천히 걸어서 이동한다. 주변을 공원처럼 잘 꾸며두어서 평일임에도 운동하러 나온 분들이 좀 보인다. 주인과 함께 산책하러 온 강아지도 보이고. 그런데 아무리 보아도 강아지가 정말 많네. 혹시 강아지 천국인가? 도시 시민 및 강아지와 함께하는 유적지로 참으로 아름다운 모습이다. 지난번 주말에 왔을 때는 사람보다 강아지가 더 많더군. 평일이라 이 정도다.

연결된 길을 따라 경사가 좀 있는 언덕으로 올라 갈수록 힘은 조금 들지만 점차 주변 지역이 한눈에 보이게 되는데, 어느덧 주변 아파트가 눈앞에 좍 펼쳐 보인다. 분명 과거에는 주변 마을을 위에서 아래로 넓게 내려다볼 수 있던 권위 있는 장소임이 분명해 보인다. 이런 장소에 고분이 있었던 것이다. 아쉽게도 고분은 봉분이 완전히 사라져서 언덕 위에 오르자 그냥 평탄한 언덕으로 보일 뿐이다. 눈이 조금 심심하군. 아까 산 토마토 주스를 꺼내 마시며 주변 분위기를 더 본다.

본래 무덤을 만든 시기부터 이곳 봉분 높이는 그리 크지 않았다고 한다. 우리가 익숙히 기억하는 삼국 시대 고분은 경주의 대릉원일 텐데, 이런 형태는 4세기 후반부터 6세기 초반까지 만들어진 모습이다. 비단 경주뿐만 아니라 한반도 남부 지역에서 비슷한 시점에 많이 만들어진 커다란 봉우리 형태의 고분이 그것이다. 허나 그 이전에는 무덤의 봉분 자체가 그 정도로 크고 웅장하지 않았다. 그렇다면? 그렇다. 이곳 대성동 언덕의 주요 고분군은 3~4세기 유적이다. 즉 광개토대왕의 5만 대군이 400년, 가야로 오기 전에 만들어졌음을 의미한다. 이에 이곳 고분에서 출토된 유물을 통해 우리는 무엇을 알 수 있을까? 당연히 고구려 대군이 원정 오기 이전의

가야 문화, 그리고 그 가야 문화의 경쟁력을 살펴볼
수 있겠지.

봉분은 없어졌으나 이곳 언덕 위를 걸어가다 보
면 고분이 있었던 장소를 낮은 초목을 통해 보여주
고 있다. 기존 무덤 구역에 맞추어 네모반듯한 형태
로 초목을 심어 보여주는 형식인데, 이런 초목이 엄
청나게 많아서 정말 많은 무덤이 언덕 위에 있었음
을 쉽게 알 수 있다. 또한 초목으로 무덤 구획을 구
분한 곳에는 패널을 각기 두어서 해당 무덤군에 대
한 설명을 해놓고 있으니 궁금하면 읽어보자.

하지만 언덕 위의 여러 고분들 중 주인공은 따로
있다. 대충 외부로 드러난 대성동 고분군 구경이 끝
났으면 언덕 위 야외 전시실이라는 명칭의 건물로
들어가 보자. 이 안에는 29호분과 39호분으로 명명
된 2기의 무덤을 90년대 발굴할 당시의 조사를 바탕
으로 매장 시점 형태로 복원하여 전시해놓았다. 특
히 이 중 3세기 후반에 만들어진 29호분이 중요한
데, 고고학자들은 이곳 대성동 고분들 중 왕으로 불
릴 만한 인물이 묻힌 최초의 무덤이라 평가하고 있
기 때문이다. 왜 그런 것일까?

길이가 9.6m, 너비가 5.6m인 커다란 29호분에서
출토된 주요 유물은 다음과 같다. 묻힌 인물의 신분
을 상징하듯 철로 만든 큰 칼이 있고 그 외에 철로

대성동고분군과 대성동고분박물관 야외 전시실. © Park Jongmoo

만든 화살, 북방 민족들이 사용하던 청동 솥, 금동관, 음식물이 담겼던 토기, 바닥에 깔린 쇠도끼 90여 점 등이 있었다.

하나씩 살펴보면 칼은 총 3점이 발견되었지만 실제로는 이보다 더 많았던 것으로 추정한다. 고분이 한 번 크게 파괴된 흔적도 있고 도굴까지 당했기 때문에 그 사이 부장품 역시 피해를 입었을 테니 말이지. 그런데 철로 만든 칼은 의미가 분명하니 정치력을 지닌 권력을 의미한다. 이보다 훨씬 이전에는 청동 검을 부장품으로 넣었다. 하지만 청동 검은 실제 사용할 때는 무뎌지는 단점이 있기에 상징적인 용도로 많이 쓰였다. 즉 제의(祭儀)를 위함이 그것이다.

따라서 청동 검이나 청동 거울 등을 주요 부장품으로 지니고 있는 이는 샤먼과 같은 주술적 힘을 인정받은 인물임을 의미한다. 한마디로 제사장이라 하면 이해하기 쉽겠지? 이에 비해 사람을 베거나 더 나아가 전쟁에서 더 적극적으로 사용할 수 있는 철로 만든 칼은 그만큼 실제적인 권력을 의미한다. 철로 만든 화살도 마찬가지. 이에 29호분의 주인공은 이전 권력자에 비해 정치 권력자에 한층 더 가까운 인물이었을 것이다. 실제 주술적 지배자에서 정치적 지배자로 권력자가 발전하는 단계는 역사의 흐름이기도 하니까.

대성동고분박물관 야외 전시실 내부. 29호분(왼쪽)과 39호분 2기의 무덤을 매장 시점 형태로 복원하여 전시해 놓았다. © Park Jongmoo

다음으로 29호분에서 출토된 청동 솥은 그 형태로 보아 북방 민족이 사용하던 물건이었는데, 이 때문에 처음 조사 때에는 부여 등 북방 민족이 가야에 자리 잡은 증거가 아니냐는 이야기도 나왔다. 허나 대부분의 학자들은 북방―낙랑―김해로 연결되는 무역로를 따라 북방 물건이 옮겨진 것으로 파악하나보다. 여하튼 북방 출신인지는 정확히 알 수 없어도 최소한 29호분 주인이 당대 무역로를 장악한 인물이라는 증거는 된다. 즉 남다른 외교력과 부(富)를 의미한다.

다음은 금동관이다. 29호분에서는 금동관의 일부 흔적, 즉 조각으로 30여 점이 발견된 것이다. 이는 한반도 남쪽에서 가장 이른 시점에 발견된 금동관으로 무엇보다 금을 사용한 물건이라는 것에 특히 의미가 있다. 즉 이 시대 신분 계층이 과거보다 더 세밀하고 복잡해졌다는 것을 증명한다. 예를 들어 최고 신분이 금동관을 사용한다면 그 아래 신분은 그에 맞추어 동물 뼈나 가죽, 더 나아가 그 격에 따라 비단, 철(鐵), 동(銅) 등을 응용한 모자를 사용할 수 있게 된다. 이는 곧 금동관을 사용하는 29호분 주인은 자신의 아래로 그보다 격이 떨어지는 모자를 사용하는 주변 집단을 거느리고 있었다는 의미이기도 하다. 그렇다면 금동관의 의미는 이 지역의 권력자가 주변 세력에 비해 훨씬 권위가 높았음을 보여준다.

이렇게 보니 단순하게 보이던 음식물이 담겼던 많은 토기들도 의미가 있겠네? 물론. 이 역시 이전 무덤 양식에서는 볼 수 없었던 것으로 많은 단지에 담긴 음식물은 결국 이 무덤을 기점으로 장례 의식이 새롭게 정비되었음을 보여준다. 거기다 토기 역시 과거에 비해 훨씬 질이 높아진 물건들이었다. 즉 29호분 주인공이 그동안의 제도를 새롭게 정비하여 바꿀 정도로 과거 이 지역에서는 볼 수 없었던 대단한 권력자임을 증명한다. 마지막으로 이제 쇠도끼 90점 설명이 남았군. 그런데 쇠도끼 관련 설명은 중국 쪽 사료를 가져와 이야기해 볼까나?

나라에서 철이 나므로

29호분이 만들어질 무렵인 3세기 말, 중국에서 편찬된 《삼국지(三國志)》라는 책이 있다. 우리에게 익숙한 나관중의 역사 소설이 아니고, 그보다 훨씬 이전에 진수(陳壽)라는 인물이 쓴 역사책이다. 이 책의 동이전에 다음과 같은 기록이 등장한다.

한(韓)은 대방(帶方)의 남쪽에 있으며, 동서쪽으로는 바다를 경계로 삼으며, 남쪽으로는 왜(倭)와 접하는데, 그 둘레가 4,000리에 이른다. 3종족이 있으니, 첫째는 마한 (馬韓)이요, 둘째는 진한(辰韓)이며, 셋째는 변한(弁韓)이다.

대방은 지금의 황해도 지역에 있었으니, 그 남쪽, 즉 한반도 남부에 있었던 삼한에 대한 설명이라 하겠다. 특히 반도 형태의 지형과 일본과도 이어지는 이야기가 잘 담겨있네. 이 기록 뒤로는 구체적으로 마한은 50여 개의 나라, 진한은 12개의 나라, 변한은 12개의 나라로 구성되어 있다고 이야기한다. 이 중 진한은 나중에 신라로 성장하고 변한은 가야로 성장한다고 하겠다. 아참. 빼먹을 뻔했네. 마한은 백제로 성장한다.

그리고 진한과 변한을 함께 설명하길

나라에서는 철이 생산되며, 한(韓)과 예(濊)와 왜(倭)가 모두 이를 가져다 썼다. 모든 거래에 철을 사용하는데 마치 중국에서 화폐를 쓰는 것과 같으며, 또한 낙랑, 대방에도 이를 공급하였다.

라 하였다. 철을 생산하여 수출했다는 이야기이다. 그런데 그 수출 범위가 지리적으로 가까운 한(韓), 일본뿐만 아니라 예(濊), 즉 한반도 동북 지역에서 만주까지 포함했으며 중국의 군현인 낙랑, 대방까지도 그 철을 수입할 정도로 그 질이 높았다. 오죽하면 철이 화폐 역할을 할 정도로 그 가치를 인정받을 정도였다. 이 기록을 바탕으로 지금까지의 고고학적 조사와 결합해 보면 변한의 금관가야와 진한의 경주, 즉 신라가 한반도 남부에서 철과 관련하여 힘을 갖춘 곳이라 한다. 결국 두 지역의 강자는 갈수록 경쟁 의식을 지니고 서로 견제할 수밖에 없었다. 운명의 라이벌이라 할 수 있겠군.

이 내용을 바탕으로 대성동 29호분의 쇠도끼 90여 점을 바라보자. 당시 철을 외부로 수출하는 점에 있어 김해 지역은 큰 이점을 지니고 있었다. 우선 김해가 낙동강 하류에 위치하고 있었기에 강을 따라 경상도 안으로 깊숙하게 들어갈 수 있는, 지금으로 치면 고속도로가 존재했다. 이에 낙동강을 중심으로 하는 여러 소국과 쉽게 연결이 되는 것이다. 거기다 퇴적물이 쌓이기 전이라 현재의 김해 평야가 가야 시대에는 대부분 바다였기 때문에 대성동 고분 남쪽으로 불과 2km 앞부터 바다였다고 한다. 그렇게 바닷길을 따라 연해로 이동하면 황해도와 평양에 존재했던 중국의 군현에 이르고 남쪽 바다를 건너면 일본과 연결된다. 당시 주요 무역로의 중간 기척지에 김해가 있었던 것이다. 즉 고대 무역 중심지라고 하겠다.

바로 그런 루트를 김해의 금관가야가 가지고 있었기에 철을 수출하여 대단한 부를 얻을 수 있었고, 대신 청동 솥 같은 북방의 고급 물건까지 수입하여

덩이쇠. ⓒ Park Jongmoo

29호분의 주인은 사용했던 것이다. 그리고 자신의 안식처에는 저승에서도 살아서 얻은 부가 지속되기를 바라면서 90여 개의 철로 만든 도끼날을 넣어둔다. 이 도끼날은 덩이쇠라고도 불리는데, 이 덩어리를 활용하면 다양한 무기나 농기구로 제작이 가능했다. 이에 지금 기준으로 보면 무덤에 큰돈을 넣어두었다고 보면 될 것이다.

이렇듯 대성동 고분군 언덕 위에서 만난 3세기 후반 상당한 권력을 지닌 인물은 누구였을까? 혹시 금관가야의 시조인 수로왕이려나? 음. 당장 대답할 수 없는 질문은 넘어가기로 하고 이제 3세기 후반 왕으로 인정받을 만큼의 실력자가 등장한 대성동 고분군이 그 뒤로 어떤 과정을 경험하게 되는지 알아보자. 기억하자. 서기 400년 고구려 광개토대왕 남방 원정 이전의 가야를 알아보기 위해 나는 여기까지 온 것이다.

3

대성동고분박물관

대성동고분박물관 전경. ⓒ Park Jongmoo

대성동고분박물관에 전시된
칠갑옷 입은 가야 장수.
© Park Jongmoo

잘생긴 디자인의 박물관 건물

대성동 고분군을 1990년대 조사한 것을 바탕으로 박물관이 만들어졌으니, 그곳이 바로 대성동고분박물관이다. 2003년 박물관 건물이 준공되어 개관하였으며, 대부분의 전시품은 대성동 고분에서 출토된 유물이다. 그 뒤로도 근래까지 수차례 더 이루어진 대성동 유적 조사를 통해 계속하여 소장품을 늘리고 있다. 덕분에 소장품이 1만여 점에 이른다 하더군.

고분 언덕 아래로 보이는 돛을 단 배 같은 디자인의 둥그런 건물이 바로 그것이다. 옅은 청색 빛의 지붕이 참 인상적이란 말이지. 타원형에다가 앞뒤로 높낮이가 달라서 뭔가 날렵한 느낌을 준다. 그래서 난 처음 보았을 때 바다를 가르는 배같이 느껴졌는데, 실제로는 대성동 고분군(18호분)에서 출토된 철갑옷에서 따온 디자인이라 하는군. 혹시 갑옷 중 목가리개를 모티브로 만들었나? 그렇다면 지붕의 옅은 청색은 본래 철이 처음 만들어졌을 때 색? 오호. 지금은 오랜 시간이 지나 산화되어 검붉은 색이지만 본래는 옅은 청색이나 은백색일 테니까.

다음 코스인 박물관 구경을 하러 어서 빨리 언덕 아래로 내려가자. 고분의 외관은 언덕 위에서 충분히 구경했으니 내부는 박물관을 통해 살펴봐야겠지. 시계를 확인하니 오후 2시 10분이군. 손에 들고 있던 조금 남은 토마토 주스를 마저 다 마셔버리고 박물관 안으로 들어간다.

박물관 안에 들어서자 첫 시작으로 구지가(龜旨歌) 일부가 패널에 적혀 있다.

거북아 거북아 머리를 내밀어라.
만일 내밀지 않으면 구워 먹으리.

《삼국유사》에 나오는 대중적으로도 유명한 이야기군. 수로왕이 하늘에서 내려온 알에서 태어났다는 일화인데, 전체 이야기는 다음과 같다.

후한 광무제 18년(서기 42년) 3월, 액을 덜기 위해 목욕하고 술을 마시던 날에 그들이 사는 북쪽 구지봉에서 누군가를 부르는 이상한 소리가 들려왔다. 2, 300명의 사람들이 모여들었는데, 사람 소리는 있는 것 같으나 모습은 보이지 않고 "여기에 사람이 있느냐?' 하는 말소리만 들렸다.

구간 등이 "우리들이 있습니다." 하자

"내가 있는 데가 어디냐?'

"구지입니다."

"하늘이 내게 명하여 이곳에 나라를 세우고 임금이 되라 하시므로 여기에 왔으니, 너희는 이 봉우리의 흙을 파서 모으면서 노래를 불러라. '거북아, 거북아. 머리를 내놓아라. 내놓지 않으면 구워서 먹으리라.(龜何龜何 首其現也 若不現也 燔灼而喫也)' 하면서 춤을 추면 이것이 대왕을 맞이하면서 기뻐 날뛰는 것이리라."

구간 등이 그 말대로 즐거이 노래하며 춤추다가 얼마 후 우러러보니 하늘에서 자주색 줄이 늘어져 땅에까지 닿았다. 줄 끝을 찾아보니 붉은 보자기에 싸인 금궤가 있었다. 금궤를 열어보니 황금 알 여섯 개가 있었다. 여러 사람이 모두 놀라 기뻐하며 백 번 절하고 다시 싸서 아도간의 집으로 돌아갔다. 책상 위에 모셔두고 흩어졌다가 12일쯤 지나 그 다음 날 아침에 사람들이 다시 모여 합을 열어보니, 알 여섯 개가 모두 남자로 변하였는데, 성스러운 용모를 가졌다. 이어 의자에 앉히고 공손히 하례하였다.

《삼국유사(三國遺事)》 기이(紀異) 편 가락국기(駕洛國記)

이것이 바로 금관가야의 난생 설화이자 수로왕의 탄생기라 하겠다. 위대함을 강조하려는지 금궤에 들어가 있던 금알에서 태어난 수로왕. 다만 《삼국유사》 구지가의 배경이 서기 42년이라고 하니 다름 아닌 1세기 이야기로군. 이는 곧 대성동 고분군에서 최초의 왕릉이라 평가할 수 있는 29호분의 3세기 후반보다 훨씬 이전이라는 의미다. 음. 그렇다면 고고학적 증거와 비교해 볼 때 약 230년의 격차가 있었다는 것인데, 글쎄. 이 부분을 어떻게 해석해야 할까?

그런데 말이지 아까 내가 대성동 고분군 언덕 위에서 설명하지 않았을 뿐 대성동 고분군에는 수로왕 전설의 배경이 되는 1~2세기 시절 고분도 존재한다. 현대 들어와 여러 차례 발굴 조사 결과 언덕 위에는 3~4세기 권력자의 무덤이 주로 배치되고 언덕 아래 평지에는 1~2세기 무덤이 배치되어 있었다. 방금 언덕 위에서 볼 수 있던 고분의 흔적이 대부분 3~4세기이었던 이유도 이 때문이다.

이처럼 전체적으로 보면 대성동 고분군은 1~5세기 후반까지 무덤이 꾸준히 만들어진 장소였으나, 고고학적으로 그리고 역사적으로 중요성을 지닌 장소는 역시나 언덕 위에 배치된 3~4세기 고분이다. 출토되는 유물의 양과 질에서 이전 시대와 구별될 만한 흔적을 남기고 있었기에 그 의미가 남다르다고 하겠다. 이는 곧 3세기를 기점으로 이 지역에 정치적으로 크고 빠른 발전이 있었음을 의미한다. 당연히 이곳 박물관 구성도 마찬가지로 3~4세기 고분과 유물을 가장 중점적으로 전시, 설명하고 있다. 그럼 박물관 설명을 하나씩 더 자세히 살펴보며 수로왕 전설을 고민해 보기로 하자.

무덤의 변천 과정

    대성동고분박물관에서는 구지가 다음으로 이 지역 무덤의 발전 과정을 도표로 정리하여 설명하고 있다. 가볍게 살펴보면.

    1. 널무덤

    널무덤은 나무로 만든 관(棺)에 시신을 넣고 땅에 묻은 형식이다. 가장 기본적인 형태의 무덤으로 지금까지도 사용되는 방식이지. 한글로 풀어서 널무덤이라 표기하고 한자로는 관묘(棺墓)라 한다. 시신을 관에 넣은 묘라는 의미. 이상하게 한자 표현이 더 이해하기 쉽네!

    그런데 일부 널무덤에는 요갱(腰坑), 한국말로

'허리 구덩이'라는 곳이 존재한다. 무덤에 묻힐 시신의 허리 부분쯤에 구덩이를 깊게 파고 그곳에 부장품을 묻기 때문에 요갱이라는 이름을 붙인 것이다. 다만 요갱은 그 디자인의 한계상 크기가 클 수 없기 때문에 넣을 수 있는 부장품 숫자에 한계가 있을 수밖에 없었다. 이는 곧 무덤 주인공이 생전 상당한 권력을 가지고 있었음에도 왕이라 인식될 만큼의 권력자는 아님을 보여준다. 이런 묘가 대성동에서 1~2세기까지 주요 무덤으로 만들어졌으니, 《삼국유사》의 수로왕 전설이 진짜라면 이때 이야기라는 건데. 글쎄. 고개가 조금 갸우뚱하는 것도 현실이다.

한편 한반도 전체에서 이런 형식의 묘가 발견되고 있지만, 그나마 출토 유물의 수준을 볼 때 가야 지역의 것이 한반도 남부, 그러니까 경상도 지역에서는 가장 높은 수준 중 하나임은 분명해 보인다.

2. 덧널무덤

덧널무덤은 한자 표기인 목곽묘(木槨墓)를 마찬가지로 한글로 풀어서 한 표기이나 단순히 한글만 보아서는 솔직히 무슨 말인지 모르겠다. 그래서 나는 그냥 목곽묘(木槨墓)로 설명할까 한다. 무덤으로 쓸 구덩이를 넓게 판 뒤 나무 곽(木槨)을 짜서 벽을 세우고 그 안에다가 시신을 넣는 방식의 묘를 의미한다. 즉 무덤의 시신이 묻힐 장소 주변으로 나무로 단단히 틀을 짜서 넓은 공간을 마치 방처럼 일부러 만들었음을 의미한다.

이런 무덤이 만들어진 가장 큰 이유는 부장품을 많이 넣기 위함이었다. 정치 세력화되면서 갈수록 권력이 강해진 권력자는 그만큼 소유하고 있는 위세품의 양과 질 역시 높아졌으니, 이것을 저승까지 가져가기 위해서는 이전보다 더 크고 안전한 무덤이 필요했다. 즉 이전의 요갱처럼 시신의 허리 부분에 구덩이를 조금 파서 넣는 것보다 시신의 주변으로 쌓아놓듯 두는 것이 더 많은 부장품을 넣을 수 있으니 이에 나무로 틀을 짜서 부장품과 시신을 함께 안전하게 보호하고자 한 것이다. 이런 묘의 방식은 중국 한나라 귀족 무덤에서 볼 수 있으며, 한나라 영향을 받은 낙랑에서도 목곽묘 형식의 무덤이 많이 만들어졌다.

이를 볼 때 아무래도 금관가야는 낙랑과의 꾸준한 무역을 통해 그곳 권력자의 무덤 제작 방식을 직접 눈으로 확인했던 것 같다. 특히 3세기 전반까지 낙랑에서는 목곽묘가 고위층의 무덤으로서 큰 인기를 누렸다. 이를 바탕으로 김해에서 왕과 유사한 권력자가 등장하게 되자 해당 권력자의 생전 권력을 죽어서도 가져가기 위해 부장품을 가득 넣고자 하면서 비슷한 목곽묘를 만들게 된 것이다.

가야 지역의 가장 앞선 시기의 목곽묘는 2세기 후반에 김해 양동리에 등장하며 이는 김해뿐만 아니라 한반도 남부에서 가장 앞선 시기의 목곽묘였다. 그리고 양동리 고분군 세력이 3세기 중반부터 조금 약화되자 동쪽으로 불과 6킬로미터 정도 떨어진 대성동 고분군이 발전하면서 이곳에 대형 목곽묘가 등장하게 된다. 앞서 강조한 3세기 후반, 대성동 고분군 중 최초의 왕으로 불릴 만한 지배자가 주인공인 29호분이 바로 그것이다. 이런 고고학적 결과를 바탕으로 학계에는 양동리 가야 세력이 3세기 시점에 대성동으로 옮겨왔다는 주장이 있다. 즉 대성동을 넘어 금관가야 전체 역사로 볼 때는 2세기 후반부터 왕급 지배자가 존재했다는 의미이기도 하다. 그렇다면 《삼국유사》 속 수로왕 전설과 불과 130년 정도 격차가 있게 되는군. 오호라. 그나마 좀 가까워졌네.

어쨌든 이처럼 목곽묘가 주로 만들어지는 2세기 후반~4세기까지 한반도 남부에서 최고의 문화를 자랑하는 곳은 김해 지역이었다. 특히 3~4세기에 최고의 문화를 향유한 집단은 대성동 고분의 주인들이다. 이는 출토 유물을 보면 알 수 있는데 중국계,

북방계, 일본계 등 다양한 유물과 함께 가야만의 뛰어난 철기 부장품이 바로 그 증거이기도 하다. 철로 만든 칼, 철로 만든 말을 탈 때 쓰는 마구, 철로 만든 갑옷 등등. 결국 수로왕이라 불리는 인물은 아닐지 몰라도 대내외적으로 왕으로 인식될 만한 가야 인물은 목곽묘, 즉 덧널무덤을 통해 충분히 증명된다고 하겠다.

3. 구덩식 돌덧널무덤

나무로 곽을 만드는 것에서 더 나아가 돌로 곽을 만들고 그곳에 시신과 부장품을 묻는 방식이다. 한자로는 수혈식석실분(竪穴式石室墳)이라 하는데, 수혈(竪穴)은 아래로 판 구덩이를 의미하고 석실(石室)은 돌로 만든 방을 의미하니, 구덩이를 파서 돌로 방을 만든 고분이라는 의미다. 4세기부터 등장하며 5세기 때는 가야 전체로 퍼지면서 최고 전성기를 맞이한다. 이때부터는 무덤 봉분이 점차 크고 높아지기 때문에 무게의 압력을 분산시키기 위하여 한 변이 긴 직사각형 곽이 만들어졌다. 대성동에도 금동관 일부가 함께 출토된 5세기 후반 구덩식 돌덧널무덤이 발견되었으니, 어쨌든 광개토대왕의 5만 대군 원정 이후에도 금관가야의 명맥이 여전히 이어지고 있음을 보여준다. 다만 그 세력은 3~4세기에 비해 많이 약해진 상태였다. 그리고 532년인 6세기 전반, 신라에 의해 금관가야는 멸망하게 된다.

구덩식 돌덧널무덤 시기가 되면 금관가야는 더 이상 한반도 남부에서 최고의 문화가 집결된 곳이 아니었다. 이미 동 시대 신라에서는 훨씬 더 큰 봉분과 더 고급지고 많은 부장품이 무덤에 부장되는 상황이었으니까.

4. 그 다음은 굴식 돌방무덤(횡혈식석실분)인데, 여기서는 설명을 그냥 넘어가자. 다만 김해 지역에서는 6세기에 들어와 주로 만들어졌다. 즉 신라에 무릎을 꿇고 난 후의 일이라 하겠다.

이처럼 무덤군의 발전 상황을 쭉 살펴보았더니 역시나 3~4세기가 금관가야 최고 전성기로군. 한편 이곳 박물관에는 설명 패널뿐만 아니라 대성동 고분군 무덤 일부를 모형으로 만들어 전시하고 있으니 이것도 직접 확인해 보면 더욱 이 시대를 이해하기 좋을 것이다. 마치 발굴된 당시 모습 그대로 표현하고 있으며 당대 순장 풍습까지 그대로 보여주고 있다.

순장이란? 지배자가 죽었을 때 그의 시종이나 신하 등을 함께 죽여서 무덤에 묻는 풍습으로 사후 세계에 대한 당시 세계관이 만들어낸 것이었다. 즉 생전의 삶을 죽어서도 유지하기 위해 주인을 보필한 가까운 이들을 함께 죽여 묻었던 것이다. 이 역시 무덤의 주인이 왕에 버금가는 높은 대우를 받았음을 보여주는 증거이기도 하다. 당연히 대성동 29호분 역시 순장의 흔적이 발견되었다고 하는군. 그런데 순장 문화 역시 과거 중국에도 있었으며 부여, 고구려 등 북방에서 크게 유행하였으니 이것이 가야까지 온 것이다. 다만 동 시대 낙랑은 순장 문화가 없었기에 부여, 고구려의 영향을 받은 것 같기도 하다.

참고로 고구려는 3세기 중반 들어와 순장을 금하는 명을 고구려 왕이 직접 내렸다. 결코 이해하기 힘든 잔인한 풍속을 막은 것이니 역사에 길이 남을 아름다운 일이라 하겠다. 그래, 이참에 순장을 금지한 아름다운 왕을 많은 사람에게 알려줘야지. 그는 바로 고구려의 중천왕(中川王, 즉위 기간 248~270)이다. 명을 내리자마자 순장이 사라졌는지는 그 이후 이야기가 자세히 남아 있지 않아 모르겠지만 서서히 그 풍습이 없어진 것은 분명해 보인다. 어느덧 광개토대왕 시대를 보면 수묘인 제도가 이를 대신하고 있었으니까. 수묘인은 살아서 죽은 왕을 모시는 것이니 그나마 순장에 비해 인간적이라 할 수 있겠지.

여러 지역에서 모인 유물들

　이제 고분에서 나온 유물을 살펴보기로 하자. 이 곳 대성동 고분들은 1990년대 조사 이전에 이미 도굴을 당했기 때문에 완전한 형태의 부장품은 알 수 없다. 그러나 남아 있는 유물을 통해 그나마 그 수준과 형태를 어느 정도 짐작해 볼 수는 있다. 이것을 바탕으로 당시 가야의 수준을 복원해 보자.

　우선 3세기 후반 만들어진 왕 수준의 인물이 묻힌 29호분에서 금동관 조각이 나왔고 마찬가지로 대성동의 5세기 후반 돌로 만든 곽 크기만 8m에 이르는 고분에서도 금동관 조각이 출토되었으니, 만일 해당 금동관에 연결고리가 있다면 금관가야 지역의 최고 실력자, 즉 왕은 금동관을 쓰는 문화가 있

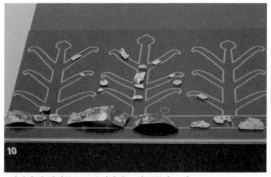

3세기 후반 대성동 29호분에서 출토된 금동관 조각. © Park Jongmoo

었던 것은 아닐까? 그런데 왜 금동관은 조각으로만 일부 남아 있게 되었을까?

　역사 이래로 어느 나라든 지배자가 묻힌 무덤의 경우 도굴을 엄격히 금지했다. 즉 재수 없게 걸리면 바로 죽음이라는 의미다. 이에 도굴꾼들은 무덤에서 금제품을 발굴하면 걸리지 않기 위하여 즉각 녹여 금덩이로 만들었다. 부피를 줄이기 위해 우그러뜨린 다음 녹여서 금덩이만 뽑아 가져간 것이다. 이때 우그러뜨리는 과정에서 작은 금붙이 일부가 떨어졌다. 도굴꾼은 식은땀을 흘리며 심장이 두근두근한 채 몰래 작업하다 보니 조각 일부가 떨어지는 것까지 신경 쓰지 못했겠지. 그것이 바로 우리가 만나게 된 유물인 것이다. 즉 오래된 유적에서 금과 관련한 유물이 출토되는 것은 수없는 도굴의 공격에서 운 좋게 살아남은 결과이다.

흥미로운 점은 3세기 후반 29호분에서 출토된 금동관 조각을 바탕으로 완전한 형태로 복원한 것이 이곳 박물관에 전시되어 있는데, 출(出) 자 형태의 신라 금관과 상당히 유사하게 생겼네. 다만 학자들의 의견에 따르면 4세기 이후부터 한반도 남부에 금을 제련하는 기술이 도입된 것으로 보는 만큼, 이 당시 가야가 금 제련하는 기술이 있었는지 확실하지 않으므로 낙랑을 통해 북방에서 가져왔을 가능성이 다분해 보인다.

3세기 기록인 《삼국지》의 '고구려조' 와 '부여조' 에 따르면

> 공식 모임의 의상은 모두 비단과 수가 있는 견직물인데 금은으로 장식한다. (其公會 衣服皆錦繡 金銀以自飾)
>
> 고구려조

> "금은으로 모자를 장식한다. (以金銀飾帽)"
>
> 부여조

라는 기록이 있으니까.

아하! 그런데 이런저런 생각을 하며 계속 보다 보니 신라 관보다 더 유사한 것이 갑자기 생각났다. 보물 1922호인 부산 복천동 고분의 금동관이 그것이다. 가까운 김해국립박물관에 전시되어 있으니 이곳 관람이 끝나면 곧바로 가서 볼까나. 그럼 금동관 이야기는 김해국립박물관에 가서 더 이야기하기로 하고 여기서는 패스.

다음으로 내 눈에 띄는 것은 중국제 허리띠 꾸미개로군. 비단이나 가죽으로 만들었을 허리끈은 썩어 사라지고 금동으로 제작된 장식만 화려했던 모습을 유추하도록 남아 있군.

음, 용 한 마리가 강인한 모습으로 서 있고 머리 부분에는 또 다른 용 한 마리가 머리를 쑥 내밀고 있어 총 2마리의 용이 새겨져 있구나. 고대부터 용은 강력한 권력을 의미하니까 분명 아무나 사용할 수 있는 물건은 아니었을 것이다. 실제 이 허리띠는 중국에서 제작된 것으로 낙랑을 통해 가야로 옮겨왔다. 4세기 초반의 대성동 고분에서 여러 중국제 금동 물건과 함께 출토된 것이라 당시 무역로가 가져온 최상위 고급 물건 중 하나였다. 중국에서도 이 정도면 왕족급 고위층이 쓴 물건이다.

그런데 이때 금동으로 만든 중국 물건만 온 것이 아니었다. 이외에 중국의 청동기를 포함하여 낙랑

대성동 고분에서 발견된 중국제 허리띠 꾸미개. ⓒ Park Jongmoo

의 은팔찌, 북방 유목민이 사용한 금동 말방울, 서아
시아의 로만글라스, 즉 유리 그릇까지 발견되었으
니 말이지. 몸체는 사라지고 겨우 손잡이 일부이기
만 하지만. 그럼에도 이는 한반도 남부에서 발견된
가장 이른 시기의 유리 제품으로 신라보다도 빠른
시점이라 그 의미가 각별하다. 지금까지 남아 있는
로만글라스는 총 20점으로 대부분 신라 지역에서
출토되었는데, 이때가 5세기 시점이므로 4세기 전
반의 금관가야가 최소 70년은 앞섰다. 이처럼 3~4세
기 금관가야는 최소한 한반도 남부에서는 감히 적
수가 없을 정도로 고급문화를 누렸음을 보여준다.

그런데 재미있는 것은 대성동의 용이 조각된 허
리띠 꾸미개와 거의 같은 것이 일본에서도 출토되

었다는 사실. 간사이 지역의 큰 도시 중 하나인 고베가 있는 효고현이 바로 그곳으로, 금관가야의 철제품과 함께 용 조각 허리띠가 4세기 후반의 일본 고분에서도 나왔다. 당연히 정황상 당시 금관가야를 통해 입수한 물건이었을 것이다. 즉 가야는 철뿐만 아니라 중국 등 바다 건너의 귀한 물건까지 일본에 중개 무역으로 넘겼음을 보여준다.

그렇다면 일본에서는 가야에게 무엇을 주었을까? 이곳 박물관에는 대성동 고분에서 출토된 일본 유물도 여럿 보여주고 있다. 이렇게 된 김에 김해 전체에서 출토된 일본 유물을 정리해 볼까.

1. 3~4세기에는 '청동투겁창' 이라 부르는 규슈 북부 지역의 물건이 김해로 들어왔다. 직접 보면 알 수 있듯이 창끝 금속 부분인데, 실제 살상 무기로 사용한 것이 아니라 제의에 쓰던 물건이다. 실용성 없이 일부러 과하게 크게 만들어서 그 권위를 높이고자 한 것이다. 국립김해박물관에 특히 커다란 것이 있으니 확인해 보자.

2. 4세기에는 나라 현, 오사카 부 등 간사이 지역 대형 고분에서 발견되는 '바람개비 모양의 동기' 라 부르는 유물이 김해 지역에서도 발견되었다. 방패

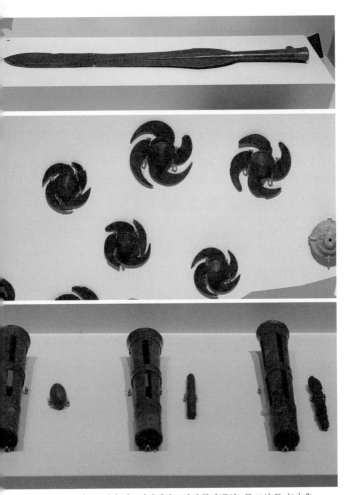

청동투겁창(위), 바람개비 모양의 동기(중앙), 통 모양 동기(아래).

© Park Jongmoo

를 장식하는 청동기였는데, 규슈 지역에서도 발견
되는 것으로 보아 당시 김해에서 규슈를 거쳐 간사
이로 이동하는 바닷길을 따라 가야 지역으로 온 것
으로 보인다. 역시나 제의에 쓰인 물건으로 보인다.

3. 4세기의 또 다른 유물로는 '통모양 동기'라 불
리는 일본 유물이 있다. 나라 현의 중소형 무덤에서
주로 나오고 있으며, 이 역시 김해에서 발견된다.
막대기에 꽂아 사용한 제의 기구로 추정 중.

이렇듯 여러 종류의 일본 물건도 금관가야로 유
입되었음을 알 수 있다. 그런데 이쯤 되니 당시 낙
랑과 가야까지의 교류는 대충 이해가 되는데, 일본
과의 교류는 어떤 형식으로 이루어졌을지 궁금증이
드는군.

일본과의 교류

아~ 박물관 밖으로 나왔다. 오늘도 구경 잘했네. 허리를 굽히고 한참 전시 유물을 보았으니 팔을 하늘로 쭉 피면서 허리 운동을 좀 하자. 다음 코스는… 음. 국립김해박물관이겠지? 국립김해박물관은 여기서 북쪽으로 800m 정도 걸어가면 나온다. 가까우니 슬슬 걸어가 볼까. 오후 2시 40분이 되기 바로 직전, 나는 대성동 고분 언덕 아래로 걸어간다. 가면서 생각을 정리해 봐야겠다. 걸으면서 생각을 정리하면 무척 효과적이더군.

근데 무슨 생각을 정리하려 했지? 아참. 일본과의 교류.

3세기 후반 진수가 쓴 《삼국지》 왜인전(倭人傳)

에 따르면 다음과 같은 내용이 나온다.

대방군에서 왜로 갈 때 해안을 따라 바닷길로 가는데, 남쪽으로 갔다가 동쪽으로 가면 구야한국(금관가야)이 나오고, 여기서 바다를 건너 1천여 리가면 대마국에 이르고, 다시 바다 건너 1천여 리를 더 가면 일지국에 이르고, 다시 바다를 건너 1천여 리를 더 가면 말로국에 이른다.

여기서 대마국은 딱 보면 느낌이 오겠지만 지금의 대마도이고 일지국은 이키 섬, 말로국은 규슈 북부, 즉 후쿠오카 주변으로 추정된다. 이렇듯 황해도에 위치했던 대방군에서 서해안과 남해안을 거쳐 김해에 도착한 후 바다를 건너는 과정을 기록한 것이다.

그런데 왜인전에는 이 뒤로 왜의 여왕 히미코(卑彌呼)에 대한 이야기를 언급하더니, 아주 재미있는 기사가 나온다.

238년 6월, 왜의 여왕이 대부(大夫) 난승미(難升米) 등을 대방군에 보내어 천자에게 와서 인사드리기를 청하니, 대방군 태수 유하가 사신을 보내 이들을 데리고 위나라 수도로 호송하게 하였다. 그해 12월에 황제가 조서를 내려 왜 여왕에게 답하기를

"친위왜왕(親魏倭王) 히미코에게 칙령을 내린다. 대방태수 유하가 사신을 보내 그대의 대부 난승미와 차사(次使) 도시우리(都市牛利)를 호송하고, 그대가 바친 남자 노비 4명과 여자 노비 6명, 반포(班布) 2필 2장을 가지고 도착하였다. 그대는 물 너머 멀리에 있으면서도 사신을 보내 조공을 바쳤는데, 이는 그대의 충효(忠孝)일지니 나는 그대를 심히 갸륵히 여긴다. 이제 그대를 친위왜왕으로 삼아 금도장과 자수를 내리니 대방 태수에게 물건을 봉해 그대에게 수여하도록 한다."

바로 이 대목이다. 이때 일본에서 여왕이 다스리던 나라를 야마타이국(邪馬壹國)이라 기록하고 있는데, 이 국가는 《삼국지》 기록에 따르면 3세기 전반에 주변 20여 개의 소국을 통제하는 모습을 보이고 있다. 그리고 그 권위를 인정받기 위하여 대방군으로 사신을 보냈으며 그 결과 위나라 황제에게 친위왜왕이라는 금도장까지 받은 것이다. 바로 이 기록을 바탕으로 일본 주요 학계에서는 야마타이국이 야마토를 의미하며 그 위치는 간사이 지역이라는 주장이 나온다. 반면 후쿠오카와 규슈에서는 야마타이국이 규슈에 위치한 국가였다고 주장하고 있다. 간사이, 규슈 모두 각기 자신들의 지역에 관련

박물관과 유적지 관람 지역을 만들어놓고 서로의 주장을 팽팽히 펼치고 있으니 혹시 기회가 되면 방문해 보자. 과연 일본의 어느 지역에 여왕이 다스리던 야마타이국이 있었던 것일까?

《삼국지》의 기록에 따르더라도 적어도 3세기 전반에 김해가 일본과 연결고리에 있었던 것은 분명해 보인다. 그리고 그 연결고리는 중국, 일본 세력도 함께 사용하는 해로였기에 더욱 다양한 교류가 가능했던 것이다. 대성동 고분군의 전성기인 4세기 역시 이는 마찬가지여서 규슈, 간사이 등 일본의 여러 지역에서 가야와 연결되는 유물이 발견되고 더 나아가 김해에도 일본의 유물이 발견되는 것으로 이를 알 수 있다.

그러나 3세기와 4세기에는 크게 달라진 점이 분명 하나 있었다. 여왕 히미코가 대방군으로 사신을 보낸 시기인 3세기만 해도 한반도에는 중국 군현인 낙랑과 대방이 있어 중국과의 직접 교류가 가능했으나, 고구려가 대군을 일으켜 4세기 초인 313년에는 낙랑군, 314년에는 대방군을 각기 무너트리고 한반도 밖으로 쫓아내버렸으니 말이지. 즉 기존의 '중국-낙랑과 대방-김해-일본'으로 연결되는 선이 중간에 끊어져 버린 것이다.

이에 4세기 중후반에 들어서면 한반도 북부나 중국과는 별개로 금관가야와 일본, 두 지역 간 교류가 더욱 친밀하고 강해지게 된다. 그렇다면 4세기 초반 김해 대성동 고분에서 발견된 중국에서 제작한 용이 조각된 금동 허리띠, 그리고 그와 비슷한 형태의 허리띠가 4세기 후반 일본 고분에서 출토된 것 역시… 한동안 중국과의 직접 연결이 쉽지 않은 상황에서 일본과의 교류를 강화하기 위해 금관가야가 중국에서 수입 후 오랜 기간 보유하던 물건을 일본으로 전달했던 것은 아닐까? 일본으로부터는 청동 제례품과 용병을 제공받았으므로. 이처럼 가야, 일본 모두 고대 국가로 점차 발달하면서 다양한 계층 분화가 일어나고 있음에도, 최상위 계층의 힘을 상징할 만한 고급 위세품에 있어 절대적 부족 상황에 직면한 것이다.

이렇게 고급 위세품에 대한 가야와 일본 지역의 절대적 아쉬움은 한성백제가 축출된 낙랑과 대방을 대신하여 무역로를 재건하는 4세기 중후반까지 이어지게 된다. 마침 백제의 근초고왕은 고구려와 전투에서 크게 승리하고 난 후 과거 낙랑, 대방 지역에 대한 지배권을 가져오고자 했으며, 이를 바탕으로 중국─한반도─가야─일본으로 이어지는 무역로를 완전히 백제의 것으로 만들고자 했기 때문이다. 이는 곧 가야와 일본에게는 고급 물건을 얻을 수 있는 좋은 기회가 다시금 열렸음을 의미한다. 물론 대신 백제 말을 잘 들어야겠지.

4

국립김해박물관

국립김해박물관 전경. ⓒ Park Jongmoo

검붉은 표면의 건물

계속 걷다 보니, 어느덧 검붉은 높다란 기둥에 국립김해박물관이라고 씌어 있는 노란색 글씨가 보인다. 내 눈이 잘못된 것이 아니면 저 검붉은 기둥은 시간이 가면 갈수록 붉은 빛이 더욱 강해지는 것 같다. 처음에는 분명 붉은 기운이 조금 도는 회색빛에 가까웠는데 말이지. 한데 저렇게 붉게 변하는 표면이 컨셉이라 하더군. 포스코로부터 강판을 받아 국립김해박물관을 알리는 높은 기둥과 박물관 전시 건물의 표면을 장식했는데, 이때 '내후성 강판'이라는 특수 철판이 제공되었다고 한다. 바로 그 내후성 강판이 만든 효과라 하겠다.

내후성 강판은 알루미늄의 성질을 철에 녹인 제품으로 알루미늄은 녹이 아주 잘 스는 동시에 가장 녹이 잘 안 스는 금속이다. 즉 알루미늄은 자연 상태에서는 쉽게 녹이 슬어 표면에 산화피막층 (Al_2O_3:산화알루미늄)을 형성하게 된다. 그런데 표면에 산화피막층이 생기면 반전이 일어나니 산소 분자가 통과하지 못할 정도로 치밀한 피막을 생성하기 때문에 수분과 산 등에 의한 추가적인 산화가 일어나지 않게 되는 것이다. 즉 어느 정도 녹이 슬고 난 뒤에는 오히려 산화가 더이상 일어나지 않는 성질을 지니고 있음을 알 수 있다.

이것을 응용하여 철 성분에 알루미늄처럼 산화피막층이 생기도록 만든 것이 '내후성 강판'이다. 내후성 강판이 대기에 노출되면 초반에는 일반 철판과 유사한 녹이 발생하지만 시간이 경과함에 따라 그 녹의 일부가 서서히 빈틈없이 밀착하여 알루미늄의 산화피막층과 같이 안정된 녹층을 형성한다. 이러한 녹층이 외부 대기 부식에 대한 보호막이 되어 더 이상의 부식 진행을 억제하게 되는 것이다.

정보를 찾아보고 나도 알게 되었다. 갈수록 붉어지는 색에 의문이 들어서 말이지. 어쨌든 그 결과 시간의 경과에 따라 검붉어진 외관을 지니게 되었는데, 1998년 박물관이 개관하고 어느새 시간이 꽤 흘렀으니 이론대로라면 앞으로는 더 이상 붉어지지 않겠지. 다만 색이 자연스럽게 익어졌으면서도 꽤나 고급지게 느껴지는 붉은 빛이라 마음에 든다. 계속 지켜보면 추상화 같기도 하고 보기 좋단 말이지. 물론 알루미늄을 녹인 철판이 가야인의 기술력인 것은 아니다. 바로 포스코 기술. 음… 여하튼 가야 고분이나 유적지에서 출토되는 녹이 슨 철기의 색감과 맞아떨어지기에 매우 훌륭한 콘셉트로 인정하고 싶다.

철판으로 장식된 외관만큼 건물도 인상적이다. 수로왕 전설이 깃든 구지봉 아래에 자리 잡은 박물관이라 그런지 산 중턱에 만든 고대 목책 성 같은 분위기를 보여준다. 그렇게 둥그렇게 성벽을 쌓고 그 안에 마을 건물처럼 사각형의 박물관 전시관을 꾸며두었다. 성벽은 철이 막 불에서 나와 식은 직후의 은백색을 띤 벽돌로 꾸몄으며 전시관은 붉은빛이 나는 철판으로 꾸몄기에 철의 탄생과 오랜 시간이 흐른 후 출토된 철의 대비되는 모습을 보여주는 것 같다. 거기다 내부를 들어가 보면 꽤나 웅장하다. 밖에서 본 것보다 더 큰 느낌. 아무래도 숨어 있던 가야의 커다란 역사를 제대로 확인하라는 의미일지도.

내가 국내에 만들어진 국립박물관은 단 한 곳도 빠짐없이 다 방문했는데, 건축물 하나만 본다면 국립김해박물관을 단연 첫손에 꼽고 싶다. 그만큼 가야를 그대로 표현한 매력적인 건축물이다. 이 건축을 디자인한 건축가는 장세양(1947~1996)으로 국립김해박물관이 그의 유작이었다. 완성을 못 보고 돌아가셨네. 그는 한국 건축가 1세대인 김수근(1931~1986)의 제자이며 역시나 1세대 건축 설계 회사였던 '공간'을 스승을 이어 운영했던 인물이다.

덕분에 지금은 아라리오뮤지엄으로 변모한 종로구의 공간사옥에는 정세양의 건축도 남아 있는데, 스승 김수근이 만든 벽돌 건물 옆에 자리 잡은 통유리 건물이 그것이다. 현재 김수근의 건물은 미술관으로, 장세양의 건물은 레스토랑으로 운영 중. 나와 인연이 있다면 건축과 출신인 동생이 공간 사옥이 아직 건축 설계 회사로 운영될 때 그곳에서 잠시 일한 적이 있다. 그리고 아! 내가 쓴 《박물관 보는 법》이라는 책에 아라리오뮤지엄이 언급되는데, 사전 답사로 미술관이 된 공간 사옥에 들러 관람한 뒤 장세양이 디자인한 레스토랑에 가서 비싸지만 가격만큼 맛있는 밥을 먹은 적이 있다. 아라리오 뮤지엄이 개관하고 불과 이틀 뒤의 일이지. 그리고 기억에 그날 비가 주룩주룩 조금 내렸었다.

뭐. 그렇다는 거다. 그럼 소개는 이 정도로 끝내고 박물관 안으로 들어가 보자.

가야의 여러 국가들

박물관 안에 들어서니 초등학생들로 가득하다. 고학년 같은데, 주변 학교에서 현장 학습으로 왔나 보네. 국립김해박물관은 아무래도 도심지 중심에 위치해서 그런지 주변에 학교도 많고 아파트도 많고 주택도 많다. 지하철까지 가깝고 말이지. 그래서 방문객 중 학생들 숫자가 국내 다른 국립박물관에 비해 유독 많은 느낌이다. 교육 시스템으로 박물관이 운영되기에 무척 좋은 환경이라 하겠다. 특히 학생들로 가득한 이런 분위기가 난 참 좋단 말이지. 이들 중 몇 명은 박물관을 좋아하는 성인으로 자라 겠지? 아마 나처럼?

자, 들어가서 우선 전시실 입구 앞 설명을 읽어본

다. 그런데 벽면에 가야 지도가 보이는군. 지도에는 가야 유적이 있는 한반도 지도와 김해 지역의 가야 유적지 등을 나누어 보여주고 있다. 그럼 지도를 본 김에 여러 소국으로 존재했던 가야에 어떤 나라가 있었는지 조금 알아볼까?

진수의 《삼국지》에 의하면 3세기 시점 가야, 즉 변한에는 12개 국가가 있었다고 한다. 이들 하나하나를 다 언급하는 것은 쉽지 않은 일이고, 그중 중요한 국가를 추려본다면 다음과 같다.

1. 금관가야

경상남도 김해를 중심으로 3~4세기에 한반도 남부 최고의 문화 중심지. 아까 대성동 고분에서 충분히 만나고 왔지.

2. 독로국

부산 동래구 복천동에 있었던 국가로 금관가야와 더불어 철을 생산하여 수출하던 나라이다. 이 때문에 신라와 금관가야 간에 힘겨루기가 이루어진 지역이기도 하다.

3. 대가야

경상북도 고령을 중심으로 5세기부터 가야 중심

국이 되는 국가. 5세기부터 철광을 개발하여 제철 산업이 흥행하면서 금관가야를 대신해 가야를 대표하는 국가로 성장하게 된다. 패자가 되어 역사에서 사라져서 그렇지 한 때 신라 및 백제와 경쟁을 하는 등 꽤나 실력을 갖춘 나라였다.

4. 아라가야

경상남도 함안에 위치한 나라로 가야 국가 간 세력 균형을 잡는 역할을 했다. 그런 만큼 외교술이 뛰어났던 것으로 보인다. 금관가야가 힘이 강할 때는 그 반대편에 서서 가야 세력을 규합하고, 대가야가 힘이 강할 때는 역시나 다른 주장을 하던 가야 세력을 규합하던 나라였다. 주위에 낙동강 중류부터의 수로와 남해로 나가는 바닷길까지 모두 갖추고 있어 해양 무역에서 큰 역할을 했다.

5. 비화가야

경상남도 창녕에 위치한 가야. 낙동강 동쪽에 위치한 관계로 신라가 가야 쪽 진출을 위해 무척 공을 들였던 국가였다. 결국 5세기로 들어오면서 신라 영향력에 급속히 빠져들게 된다. 덕분에 신라계 유물이 특히 많이 출토된다.

이외에도 여러 가야 국가들이 있으나 주요 국가들은 이 정도 언급하면 충분할 듯싶다. 참고로 대가야가 있던 고령, 아라가야가 있던 함안, 비화가야가 있던 창녕, 독로국이 있던 부산 복천동 등에는 해당 가야의 고분과 박물관이 함께하고 있으니 고분을 보고 나서 고분에서 출토된 유물을 박물관에서 확인하는 방식의 여행이 가능하다. 마치 방금 대성동 고분을 보고 나서 대성동 고분박물관을 들려 3~4세기 금관가야를 공부했던 것처럼 말이지. 특히 부산 독로국을 제외한 이들 가야의 주요 고분들은 5세기 전후부터 만들어졌기에 봉분도 크고 산자락에 위치하고 있어 그 선이 무척 아름답다. 풍경이 좋아 사진 찍기도 좋으므로 추천.

그럼, 지도 공부를 간단히 끝냈으니 박물관 내부로 들어가 보자. 나는 이곳에 와서 꼭 봐야 할 유물이 있거든. 대성동고분박물관에서 언급했던 보물 1922호 금동관이 그것이다. 이를 통해 400년 광개토대왕 가야 원정 이후의 금관가야 모습까지 확인해 보자.

김해 가야의 범위

본격적인 박물관 구경에 앞서 지금까지 확인한 것을 다시 한번 체크해 보자. 혹시 어려웠을지도 모르니까.

1. 400년, 광개토대왕 5만 대군의 남방 원정 이전인 3~4세기 금관가야의 문화 수준을 김해를 방문해 지금까지 확인했다. 그 수준은 한반도 남부에서 경주 이상으로 분명 최고였다.

2. 일본이 고대 국가로 성장하는 과정에서 금관가야가 철과 함께 고급 위세품을 중개하는 일을 했음을 확인했었다. 일본 역시 그들이 제작한 청동기

등을 가야에 보낸다. 이에 가야와 일본은 서로 필요한 세력으로 인식하고 있었다.

이 두 가지 큰 줄기는 충분히 이해되었으니까 이제 내실을 다질 차례다. 우선 당시 금관가야의 세력 범위는 어디까지일까?

가야의 세력 범위를 확인할 때는 문서 기록 등이 부실한 관계로, 고고학적으로 보통 토기를 이용한다. 금관가야가 1000도 이상에서 구워지는 단단한 토기를 선보인 뒤로 가야 특유의 그릇 형태가 완성되었기 때문이다. 이 디자인이 다른 가야 세력에도 영향을 미치면서 주요 가야 세력은 금관가야 그릇을 기본으로 자신에게 맞는 독자적 디자인을 조금씩 첨가하여 토기를 생산하게 된다. 그래서 현재는 비슷한 디자인의 토기를 쓰는 지역을 묶어 같은 세력 범위로 파악하곤 한다. 이곳 국립김해박물관에서 가야 토기를 각 지역마다 구별하여 전시하고 있는 것도 이런 이유가 있어서라 하겠다.

이 중 금관가야 토기를 학계에서는 김해식 토기라 부르는데, 김해식 토기를 쓴 지역은 김해, 부산, 창원, 진해 등이었다. 물론 일본에서도 오사카 등에서 발견되기도 했으나 이는 위세품으로 일부 수출된 것으로 보이니 넘어가자. 즉 김해를 중심으로 동

쪽으로는 부산, 서쪽으로는 창원까지가 금관가야의
직접 세력 범위였다.

그러나 김해, 부산, 창원, 진해 등이 금관가야의
세력 내 포함되었지만 금관가야를 중심으로 중앙
집권적 권력이 만들어진 것은 분명 아니었다. 이는
김해에서 가까운 부산 복천동 고분을 보면 알 수 있
다. 부산 동래구 복천동에는 여러 개의 고분이 언덕
위에 자리 잡고 있는데, 언덕의 높이나 모양이 김해
의 대성동 고분과 비슷하여 마치 쌍둥이 유적같이
느껴진다. 거기다 복천동 고분 역시 봉분이 높지 않
아 이미 사라졌고 그 자리를 높지 않은 초목을 심어
네모 형태로 보여주고 있으니, 이 역시 김해와 너무
나 똑같다. 다만 출토 유물의 격과 시점에서 김해보
다 조금 떨어지는 수준일 뿐.

보물 1922호 금동관으로 본 금관가야

　부산 복천동 고분에서 금동관이 발견되었으니 그것이 바로 보물 1922호이다. 현재 국립김해박물관에서 전시 중이니 확인해 볼까? 오랜만이군. 안녕! 보호 유리 안에 있는 유물을 계속 보고 있으니 역시나 신라 금관과 비교해서 또 다른 금동관의 매력이 느껴지네. 특히 운 좋게 도굴이 되지 않은 5세기 초의 복천동 고분에서 나온 거의 완전한 형태의 금동관으로 복천동 세력가가 만만치 않은 인물이었음을 보여준다. 한데 그 디자인이 신라의 것과 비슷하면서도 다르다. 각진 출(出)자 모양이 확실한 신라 것에 비해 마치 나뭇가지 형식의 디자인을 지니고 있기 때문이다.

사실 이 금동관이 처음 발견된 1980년대만 하더라도 금동관 디자인이 신라 것과 유사하였기에 신라 영향을 받은 유물로 평가했었다. 그러나 1990년대 이후 김해 대성동 유적지가 본격적으로 조사에 들어가고 특히 29호분에서 3세기 말 금동관이 출토되면서 이제 이야기는 달라질 때가 된 듯하다. 앞서 대성동고분박물관에서 보았듯이 대성동 29호분 금동관 디자인이 보물 1922호와 거의 유사하니 말이지. 즉 보물 1922호는 금관가야 영향 아래 디자인된 것이다. 이를 볼 때 부산 복천동을 기반으로 한 독로국은 금관가야의 영향을 강하게 받았지만 어느 때부터 김해와 동일한 디자인의 금동관을 쓸 정도의 독자적 권력을 일부러 보이고자 했음을 알 수 있다. 또한 이 시점은 금, 은 제련술이 한반도 남부에서도 충분히 발달한 시점이기에 직접 만들어 사용하던 금동관이 틀림없었다.

　더 완벽한 이야기를 구축하려면 도굴되지 않은 고분이 더 많아서 금동관 등 연결고리가 더 이어져야 하는데, 이미 김해나 부산의 가야 고분들은 도굴을 심하게 당해서 말이지. 참으로 아쉬운 일. 어쨌든 이처럼 금관가야는 세력권 안에 부산, 진해, 창원까지 포함하고 있었으나 김해를 중심으로 완전히 정치적으로 통합된 세력은 아니었다. 각자의 세력권을 인정

부산 복천동 고분에서 발견된 금동관, 보물 1922호, © Park Jongmoo

하는 범위에서 문화 및 외교적으로 더 앞선 김해 지역이 우두머리 역할을 한 것에 불과했던 것이다.

광개토대왕의 원정 이후 부산의 독로국은 금관가야의 영향력에서 점차 벗어나게 된다. 5세기 들어오자 복천동에는 가면 갈수록 신라 영향을 받은 유물이 늘어나기 시작하니 말이지. 특히 보물 1922호 금동관보다 뒤의 시대로 보이는 2개의 금동관이 복천동에서 더 출토되었는데, 이들은 각진 출(出)자 모양이 확실한 완전한 신라 형식으로 결국 부산 지역이 신라로 완전히 돌아섰음을 보여준다. 이는 곧 고구려에 의해 이 지역 세력 균형이 신라 쪽으로 크게 옮겨지자 독로국 역시 금관가야와 점차 거리를 두게 되었고 나중에는 아예 금관가야 연맹에서 빠져나가 신라에 섰음을 의미했다. 마침 5세기 들어와 신라는 일본과의 관계 개선에 적극적으로 나섰기에 부산에서 대마도로 이어지는 항로가 무척 중요해졌으니 더욱 집중적으로 독로국 관리에 들어갈 수밖에 없었다. 금관가야로서는 중요한 지역 파트너를 잃게 된 것이다.

이처럼 보물 1922호 금동관을 통해 400년 이후 금관가야의 모습을 일부 확인할 수 있었다. 3~4세기 때 지역 최고 강자에서 내려와 이제는 포섭된 주요 세력까지 잃게 되는 상황에 직면했으니 참으로 고구려가 야속했을 듯하다.

금관가야의 무기 체계

자, 1층 구경은 끝났으니 이제 박물관 2층으로 올라갈 차례. 1층 전시실 끝에서 계단을 따라 올라가면 2층 전시실 입구로 갈 수 있는데, 가야 병사 한 명과 말 한 마리가 계단 시작 부분에 딱 서 있구먼. 물론 진짜 살아 있는 사람과 말은 아니고, 4세기 금관가야의 철제 물건을 입고 있는 마네킹이다. 포토 존처럼 꾸며져 있기에 가족끼리 온 방문객들이 아이들과 사진을 찍느라 바쁜 장소이기도 하다.

사진 찍는 가족 틈 사이에서 나도 이들 마네킹을 잠시 바라본다. 철로 만든 갑옷을 입고 칼을 빼어 들고 있는 병사. 그리고 철로 만든 마구를 장식하고 있는 말. 이는 다름 아닌 4세기 금관가야의 무력을 상징하고 있었다. 지금은 무역 중심지로 항구를 떠올리면 부산이 가장 먼저 생각난다. 부산 항만, 발달된 번화가와 해수욕장, 거기다 요즘은 도시 경쟁력을 더욱 높이기 위해 금융 단지까지 결합하고 있지. 하지만 비단 이것뿐일까? 부산은 국내에서 해양경찰이 가장 발달한 지역이기도 하다. 항구는 바다를 따라 들어온 외국인까지 포함하여 별의별 일이다 벌어지는 곳이니까. 실제 지금은 도시화가 되어 전보다는 약해졌지만 바다 사람들의 성격은 아주 유명하지. 무서운 바다와 싸우며 살아온 분들이라 거칠고 강인한 인상은 여전히 남아 있다. 이런 곳에서 문제가 생길 때 동원되는 이들이 바로 해양 경찰인 것이다. 실제로 일부 해양 경찰은 무장이 거의 군대 수준이다.

그럼 금관가야 시대에는 어땠을까? 바다 무역이라는 것이 낭만적으로 들리겠지만 고대 시대 무역은 지금보다 안전을 보장할 수 없는 배에 가능한 많은 물건을 싣고 바다를 건너는 위험천만한 일이었다. 거기다 성격이 거친 사람들이 위험을 감수하고 가지고 온 물건임에도 제대로 가격을 쳐주지 않으면 몸싸움도 벌어지고, 해적까지 당연히 존재했으며, 주변 다른 도시에서는 금관가야의 부(富)를 호시탐탐 노리고 있다. 지금의 금융 단지처럼 당시에는 무역을 위하여 창고에 많은 물건을 보관하고 있었을 테니까. 이처럼 항구 도시에 도사리고 있는 여러 위험을 방어하기 위해서는 군대가 조직될 수밖에 없었다. 금관가야는 이를 위해 이른 시점부터 철제 무기와 말 등 상당한 무력 기반을 갖추고 있었던 것이다.

2층으로 올라가니 가야 토기들에 대한 설명이 쭉 보이고 그다음 코스가 철기에 대한 이야기다. 철기는 무기 외로 농기구에도 쓰였다. 이전 나무로 만든 농기구에 비해서 매우 효율적인 도구였으니 생산력이 크게 높아질 수밖에. 오죽하면 무덤 부장품으로 부를 상징하여 철제 농기구가 들어갈 정도였으니까. 그러나 역시나 철기라 하면 무기가 먼저 생각나는 것은 어쩔 수 없겠지. 설마 나만 그런 것은 아니겠지? 국립김해박물관의 철기 전시실은 역시나 고대 무기 전시실이라 생각될 정도로 많은 무기가 전시되어 있다.

칼도 보이고 화살에다 갑옷이 보이고 마구도 보이고, 녹슨 붉은 철이 더 강인한 인상을 주네. 철제 무기 옆에는 복원품이 간간이 보이는데, 은백색으로 날이 선 것이 제대로다. 이처럼 이곳 전시만 보아도 가야가 상당한 무력을 지녔음을 절로 알 수 있다. 그럼 이 중에서 가능한 한 3~4세기 것만 골라서

말방울(위왼쪽)과 말띠꾸미개.
© Park Jongmoo

철갑옷. © Park Jongmoo

쇠투겁창. © Hwang Yoon

철 화살촉. © Park Jongmoo

보기로 하자. 당연히 지금껏 그랬듯이 금관가야의
전성기 시절을 확인하기 위함이다.

당시 철갑옷은 판갑옷이라 하여 철판을 길게 잘
라 이어 붙여 만든 것이다. 이를 몸과 머리, 팔 등을
보호할 수 있게 제작하여 각기 투구와 몸 방어 도구
로 썼다. 이런 판갑옷이 김해 주변으로 많이 출토되
었으니 당시 꽤나 유행했음을 알 수 있다. 그리고
말은 철 등을 이용하여 금속 마구를 만들어 사용했
는데, 이는 곧 금관가야에서 기병도 활용했음을 의
미한다. 다만 말의 몸을 완전히 감싸는 갑옷은 5세
기부터 등장하니 아무래도 경기병으로 운영했나보
다. 그럼에도 말을 타고 다니는 병사의 무력과 스피
드는 4세기 시점에 매우 무서운 병기였다.

한편 사람들이 쉽게 지나치는 무기 중 쇠 투겁창
이 있다. 끝부분이 마름모 형태로 된 창끝 부분의
철기인데, 기다란 나무 막대기 끝에 붙여 살상 무기
로 사용했었다. 이는 디자인으로 볼 때 찌르는 용도
로 만들어진 무기였다. 이를 위해 제련 과정에서 철
이 막 뜨거운 시점, 다른 어떤 철기보다 망치로 더욱
강하게 때리고 때려 밀도가 높고 삐죽한 창끝을 단
단하게 만들었다. 이 무기는 당연히 보병도 사용했
겠지만 진짜 효과적으로 사용하기에는 기병이 최고
였을 것이다. 말에 탄 채로 쇠 투겁창을 사용하면

아래로 쑥 찌르는 것만으로도 대단한 위력을 보였을 테니까. 이 쇠 투겁창은 3세기 후반부터 등장하여 4세기에는 더욱 살상력이 극대화되는 형태로 디자인이 발달한다.

자, 이 정도면 3~4세기 금관가야의 무력을 그려 볼 수 있겠다. 말을 탄 기병에 쇠 투겁창을 사용한 살상력, 보병은 철로 만든 긴 칼과 창을 이용했고 철로 된 갑옷을 입었다. 그리고 철로 만든 화살촉으로 궁병은 멀리 있는 적을 공격한다. 이런 군대를 조직하여 항구 도시에서 벌어질 수 있는 만일의 상황을 철저히 대비했던 것이다.

4세기 시점 일본

 궁금한 점은 바로 이 시점 일본의 무장 체계이다. 당시 일본은 철을 자체 생산하지 못하였기에 전량 가야로부터 수입하고 있었다. 5세기 말에서 6세기 초가 되어야 비로소 일본은 철을 자체 생산할 수 있었기 때문이다. 뿐만 아니라 말 관련한 금속제 마구가 4세기까지 거의 존재하지 않았으며 이는 곧 4세기에는 기마 문화가 없었다는 의미다. 4세기 금관가야가 사용하던 판갑옷 역시 5세기 들어와서야 일본에서 만들어진다. 결국 일본의 4세기 무장은 다음과 같다. 나무나 가죽으로 된 갑옷을 입고 짧은 칼과 창으로 무장하였으며, 당시 가장 강력한 근접 무기인 쇠 투겁창은 아예 존재하지도 않았다. 화살은 쇠 화살촉을 이용했으나 그 수가 무척 부족했다. 즉 완벽히 보병으로만 구성된 군사였던 것이다. 결국 5세기 후반이나 돼서야 판갑옷, 쇠 투겁창이 일본에서도 제작되니 가야 수준의 무장은 그때서야 갖추게 된다. 무기 체계에 약 100년 정도의 차이가 났음을 보여준다.

그렇다면 4세기 시점에는 금관가야와 일본 간 무장의 격차가 상당히 컸다는 의미다. 같은 숫자의 병사로 붙는다면 전략적으로 크게 실수를 하지 않는 이상 가야가 지기 쉽지 않다는 의미이기도 하다. 또한 금관가야가 일본과의 무역에 그리 집중했음에도 쇠 투겁창과 같은 최고 수준의 무기는 전달하지 않은 것으로 보아 일부 전략적 무기에 대한 철저한 통제가 존재했음을 보여준다. 즉 우리가 생각한 것처럼 가야와 일본 관계가 마치 한 몸 같은 사이는 아니었던 것이다. 오히려 금관가야는 철저하게 일본에 전달할 물건에 차별을 두고 관리했으며 이를 통해 만일 생길 수 있는 분란을 막고자 했다. 그렇다면 당시 일본은 어느 정도 발전을 보이던 사회였을까?

이쯤 해서 다시 3세기 후반 기록인 《삼국지》 동이전 왜조를 살펴보자. 여기서 3세기 전반 중국 위나라로 사신을 보낸 히미코라는 여왕에 대한 이야기 중 재미있는 부분이 나온다.

본래 그 나라는 남자를 왕으로 세웠으나 7, 80년 동안 왜국에 난이 있어 서로 여러 해를 싸우다가, 이내 한 여자를 왕으로 세웠으니, 그 이름은 히미코(卑彌呼)라 하였으며, 귀도(鬼道)를 행하여 능히 사람들을 미혹하였는데, 이미 나이가 많았으나 남편이 없었고, 남자 동생이 있어 나라 다스리는 것을 보좌하였다. 왕위에 오른 이래로 그를 본 자가 드물었다. 계집종 1,000인을 두어 시중들게 하였으며, 오직 한 명의 남자가 있어 음식을 가져다주고 말씀을 전하며 출입하였다. 거처하는 궁실에는 누각과 성책을 엄히 설치하였고, 늘 병기를 지니고 지키는 사람이 있었다.

　　보아하니 히미코는 귀도(鬼道), 즉 귀신을 부리는 도술을 써서 사람들을 관리했다 한다. 그는 철저하게 사람들 앞에서 모습을 감추고 마치 비밀스러운 종교의 우두머리처럼 활동하였다. 실제 일본의 초기 지배자 고분에서는 히미코 시대의 모습을 여실히 보여주는 유물이 출토되었으니 그것이 바로 청동 거울이다.

　　일본 고대 고분에서 출토되는 청동 거울은 총 3개의 종류로 구분되는데, 1. 한경(漢鏡)이라 하여 중국 한나라에서 제작한 거울. 2. 삼각연신수경(三角緣神獸鏡)이라 하여 위나라로부터 받아왔다는 거울. 3. 왜경(倭鏡)이라 하여 일본에서 중국 거울을 모방한 것 등이다. 아참, 다뉴경이라는 한반도에서 제작된 청동 거울 역시 일본에서 부장품으로 사용되기도 했으나 그 숫자가 적으니 넘어가자.

이러한 청동 거울이 중국이나 낙랑에서는 여성이 화장품과 함께 사용하는 실용품이었으나, 고대 한반도와 일본에서는 빛이 반사되며 자신의 얼굴을 볼 수 있는 당시로는 매우 드문 귀한 물건이었기에 어느덧 종교적 가치까지 부여하게 되었다. 이에 한반도에서도 한때 중국이나 한반도에서 제작한 청동 거울을 제사장 권위를 지닌 지배자의 무덤에 부장품으로 넣던 문화가 존재했었다. 그 문화가 일본으로도 건너가더니 청동 거울에 대한 대단한 집착을 보이게 된다.

그 결과 일본에서는 3세기부터 한나라 청동 거울과 위나라 청동 거울, 그리고 그 숫자가 부족하면 일본에서 직접 제작한 청동 거울까지 동원하여 지배자 무덤에 부장품으로 사용했다. 오죽하면 히미코도 《삼국지》 기록에 따르면 위나라로 사신을 보내어 동경(銅鏡) 100매, 즉 위나라 청동 거울을 100개나 받아왔다고 하니까. 그런데 히미코 형식의 지배자는 4세기에도 이어져서 여전히 일본 내 최고의 부장품은 청동 거울이었으니 종교적인 제사장의 역할이 지대했음을 보여준다.

그 결과 철기 문화가 크게 보급되면서 한반도 남부에서는 가야, 신라 간 경쟁이 제대로 붙고 더 나아가 군사력이 더욱 강한 고구려와 백제까지 한반도 남부에 관심을 보일 때 일본은 전반적인 무장 체계가 훨씬 뒤진 채 종교적 권위를 중심으로 운영되고 있었던 것이다. 결국 4세기 시점을 보면 무장 기반은 금관가야에 비해 100년 정도 뒤지고, 국가 시스템 역시 정치적 권력자가 아니라 제사장 권위의 지배자가 더 중요시되던 곳이 일본이었음을 알 수 있다.

이런 상황에서 일본은 중앙 집권적 권력으로 국가가 운영되고 있었을까? 일본 쪽 주류 학계는 수입한 한반도 철기와 청동 거울의 일본 내 분배라는 권력을 통해 간사이 지역을 중심으로 일본 전역에 영향을 주는 중앙 권력이 느슨하게 만들어지고 있었다고 하던데 글쎄? 더욱이 일본에서 철기와 청동 거울을 가장 먼저 받아들여서 활용한 지역은 다름 아닌 규슈인데 말이지. 뿐만 아니라 한 단계 더 나아간 시스템을 지닌 금관가야도 하물며 주변 소국을 완전히 통합하지 못했건만 당시 일본이 밀도 높은 전국적 중앙 집권적 체제를 유지하기란 사실상 어럽다고 보아야겠지.

뭐, 나는 3~4세기 일본은 여러 소국들이 지역 세력 간 질서를 유지하고 존중하는 상태에서 각기 외교력과 세력을 구축하고 있었다고 본다. 그리고 그 대표적 세력은 바로 간사이 쪽 기반과 규슈 쪽 기반 이렇게 두 곳이며 어느 한쪽이 압도적 힘을 지닌 것은 분명 아니었다. 물론 3세기 전반 여왕 히미코는 규슈 지역의 세력이었을 것이다.

그렇다면 왜 중국에서는 이런 히미코를 여왕이라 하여 왕(王)으로 높게 호칭하며 여러 부장품을 선물로 주었을까? 이는 당시 한반도 정세와 연관이 깊다. 고조선 멸망 후 오랜 기간 낙랑을 통해 한반도를 관리하던 중국에서는 북쪽의 고구려를 필두로 남쪽의 삼한에서도 점차 소국들이 하나로 힘을 합치는 분위기가 생기자 이를 강하게 견제하고자 한다. 이에 낙랑과 대방 등 한 군현과 고구려 및 삼한과의 갈등은 커져갔으며 서로 간 병력을 동원하여 싸우는 일도 잦아졌다.

"경초 연간(237~239년)에 명제(明帝)가 몰래 대방 태수 유흔과 낙랑 태수 선우사를 파견해서 바다를 건너가 2군을 평정하도록 하였으며, 여러 한국의 신지(臣智)들에게 읍군의 인수를 더하였고, 그 다음에게는 읍장을 주었다. 그 풍속에 옷 입고 책(幘) 쓰기를 좋아하여, 하호들도 군에 이르러 조알하면서 옷과 책을 빌려서, 스스로 인수와 옷과 책을 갖춰 입은 자가 1천여 인이었다.

부종사(部從事) 오림은 본래 낙랑이 한국을 통치해왔다며, 진한의 8국을 분할하여 낙랑에 넣으려고 했는데, 통역사가 말을 다르게 전하자, 신지가 격분하고 한인이 분노하여 대방군 기리영을 공격하였다. 이때 대방 태수 궁준과 낙랑 태수 유무가 군사를 일으켜 이를 벌하였는데, 궁준이 전사하였으나 마침내 한을 멸하였다."

《삼국지》위서 동이전 한조

위의 중국 측 기록에 등장하는 신지(臣智)는 삼한의 세력 중 큰 힘을 지닌 국가의 지배자를 부르는 명칭이었다. 다름 아닌 금관가야 지배자를 부르는 명칭도 역시나 신지였고, 바로 이들 삼한의 큰 세력인 신지 중 일부가 대방군을 공격하는 사건이 벌어져서 한 군현과 치열한 전투가 이어졌으니, 이 과정에서 대방군 태수가 죽는 등 당시 치열했던 분위기를 기록으로 남긴다. 이처럼 중국이 고구려를 넘어 삼한과도 사이가 안 좋아질 때 저 멀리 일본에서 히미코가 사람을 보내 중국 황제를 높이 올리며 무역

을 청하니 이를 높게 평가하여 대우를 해 주었음을
알 수 있다. 결국 중국이 바다 건너 세력의 귀부를
널리 알리며 이를 통해 한반도 여러 세력을 견제하
려는 목표 역시 중국 역사서에 히미코를 남다른 인
물로 묘사한 기본 바탕이 된 것이다.

다시 광개토대왕릉비를 생각하며

아이쿠. 오늘만 박물관 세 곳에 고분 유적지 한 곳을 방문했더니 다리가 아프고 피곤하구나. 걷기 운동으로 박물관 만한 곳이 없는 것 같다. 그렇다면 운동 장소로도 박물관을 추천.

조금 쉬기 위해 국립김해박물관 안에 '가향'이라는 이름의 카페가 있으니 그곳으로 가서 음료수를 마셔야겠다. 가향에 들르니 커피 향이 솔솔 풍겨 나오는군. 하지만 난 커피를 마시면 잠을 못 자므로 유자차와 쿠키를 주문한다. 음. 카페 내부 자리보다 외부 테라스가 좋아 보이니 밖으로 이동.

앉아서 차 향기를 음미하며 밖을 보는데, 국립김해박물관의 검붉은 외관과 탁 트인 하늘이 함께하는 공간이 참으로 여유 있어 보여 좋다. 그래서 이곳에 오면 카페의 이 자리에 들르곤 하지.

자~ 그럼 김해에 온 목적 중 하나를 방금 달성했으니 차를 마시며 정리해 볼까.

百殘新羅舊是屬民由來朝貢(백제와 신라는 과거 고구려의 속민이 된 이래 조공을 바쳤는데)

而倭以辛卯年來渡海破百殘▨▨新羅以爲臣民 (왜가 신묘년 이래 바다를 건너 백제 ▨▨ 신라를 함락(破)하고 신민(臣民)으로 삼았다.)

391년, 일본이 백제 ▨▨ 신라를 함락하고 신민으로 삼았다는 광개토대왕릉비의 내용. 이 내용은 19세기 후반 이후 첨예한 의견 대립을 가져오게 된다. 《일본서기》에 따르면 진구황후가 3세기 한반도 남부를 공략하여 통치했다는 기록이 있는데, 일본 측 기준으로 볼 때 바로 그 기록의 당대 증거물로 딱 안성맞춤이었기 때문이다. 시대가 다른 것은 조절하면 되고. 이에 사라진 ▨▨를 가야로 보아서 "왜가 백제, 가야, 신라를 함락하고"로 해석하기에 이른다.

그런데 문제는 설사 문장의 해석이 맞더라도 3~4세기 고고학적 결과는 지금껏 여행하며 보았듯이 일본과 가야만 해도 그 격차가 무척 컸다는 것이다. 문화 수준도 그렇지만 당장 철기를 가야는 생산하고 일본은 생산하지 못하고 있었으니 살상력이 강한 철기 무장에서 일본이 가야를 넘을 방법이란 존재하지 않았다. 거기다 금관가야는 철저하게 최상위 무기 체계만큼은 일본에 전달하지 않고 있었다. 무장 병력의 수준 차가 매우 컸다는 의미이기도 하다. 즉 무역 과정에서 의견이 맞지 않아 무력을 동원하여 다투는 일도 물론 있었겠으나 그렇다 하더라도 일본이 가야를 통제하는 것까지는 쉽지 않아 보인다.

뿐만 아니라 고구려에 의해 낙랑과 대방 축출 후 한동안 고급 위세품을 얻지 못하는 상황에서 4세기 중후반 백제가 무역로를 다시금 개방하자, 가야, 일본 모두 백제에 큰 기대를 품고 있었다. 실제 백제는 근초고왕 시절 가야를 통해 일본과 외교적 교류를 가진 후 칠지도를 하사하니 이때가 369년이니까. 이는 고급 문물을 얻기 위해 3세기 전반 여왕 히미코가 대방군으로 사신을 보낸 것과 유사한 분위기였다. 그렇다면 광개토대왕릉비의 일본이 백제를 함락시켰다는 부분 역시 불가능한 이야기라 할 수 있겠다.

마지막으로 신라다. 《삼국사기》 신라 부분을 보면 국가 성립 초반에 일본의 침략 이야기가 유독 많이 나온다. 오죽하면 광개토대왕릉비에서도 신라 왕이 일본의 공격에 힘겨워하여 사신을 보내 도와 달라고 하니까. 이것이 결국 400년, 고구려 5만 대병의 남방 원정에 중요한 이유가 되지. 즉 금관가야 및 백제와는 달리 신라가 일본의 공격을 받은 것은 분명해 보인다.

무엇보다 낙랑, 대방 축출 후 바닷길이 끊겨 고급 위세품을 쉽게 얻지 못하던 금관가야 및 일본과는 달리 신라는 한반도 동쪽에 위치한 동에, 옥저를 통과하는 육로를 통해 고구려와 교류가 꾸준히 있었기에 어느 정도 필요한 위세품을 충당할 수 있었다. 이에 신라는 377년과 382년에는 고구려의 후원으로 중국으로 사신까지 보냈을 정도였다. 중국으로 사신을 보냈으니 그만큼 얻어오는 부귀한 물건도 많았겠지. 이런 북방과의 교류 때문에 철로 만든 판갑옷도 한반도 남부에서는 신라가 가장 먼저인 4세기 전반에 도입하였으니, 이는 고구려 등에서 영향을 받아 제작된 것이다. 이런 상황이 되자 고급 위세품이 절실히 필요했던 금관가야와 일본에게 신라는 공격받기 딱 좋은 상황이 된다. 고고학적으로는 신라와 일본이 서로 교류한 흔적이 가야만큼은 아니어도 어느 정도 존재하나 그럼에도 서로 상당히 견제하던 사이로 이어졌다.

그런데 《삼국지》 동이전 왜조에 따르면 대마도

에 대해 이런 설명이 붙는다.

대마국(對馬國)은 1천여 호가 있고, 좋은 밭이 없어 해물을 먹고 살며, 배를 타고 남북으로 다니며 쌀을 사들인다.

대마도 아래 일지국에 대해서도 이런 설명이 붙는다.

3000가(家) 정도가 살고 있으며 대마국과 달리 경지가 있어 농사를 짓지만, 식량이 부족해 마찬가지로 남북을 오가며 곡물을 사들인다.

이 두 섬은 쌀이 부족하여 한반도와 규슈로 배를 보내 구입할 정도로 해안 활동에 매우 적극적이었으며 합쳐서 4000호, 즉 인구가 최소 2만 명에 이르렀다. 흥미로운 점은 식량도 부족하고 섬 크기마저 그리 크지 않음에도 당시 기준으로 인구가 무척 많았다는 것이다.

《삼국지》 동이전에 따르면 진한과 변한은 각기 12개국으로 총 24개국으로 구성되었고, 이 중 큰 나라가 4~5천 가(家)로 표기되어 있다. 즉 금관가야나 신라 경주 정도의 한반도 남부 주요 세력이 3세기 전반 시점에 인구 2~3만 명 수준에 불과했다. 물론 주위에 통솔하는 소국들까지 합치면 그 이상의 인구가 나오겠지만 딱 김해와 경주가 그 정도 인구로 파악된다고 볼 때 대마도, 그보다 더 작은 이키섬을 기반으로 한 일지국의 인구가 합쳐서 4000호라는 것은 비정상적으로 많음이 분명해 보인다. 그렇다면 일본인들은 왜 이렇게 작고 식량도 없는 섬에 모여 있었던 것일까?

《삼국사기》 신라본기 실성왕 부분에 다음과 같은 내용이 나온다.

408년, 봄 2월 왕은 왜인들이 대마도에 군영을 설치하고 무기와 군량을 비축하고서 우리를 습격하려 한다는 말을 듣고, 그들이 군사를 미처 일으키기 전에 우리가 먼저 정예병을 뽑아 그들의 군사 시설을 치고자 하였다.

이때도 대마도는 일본에서 한반도를 공격하는 요충지로 활용되었음을 알 수 있다. 그런데 실성왕은 402년에 이미 왜국과 우호를 맺고 내물왕의 아들 미사흔을 일본으로 보낸 상황이었다. 이처럼 통교를 맺은 상황임에도 408년, 대마도에 일본인들이 신라를 침략하기 위하여 모여 있는 이유는 간단했다. 이들은 신라 왕이 우호를 맺은 왜국마저도 종종 컨트롤할 수 없는 집단이라는 의미였다. 즉 해적이었다. 그렇다면 대마도와 그 바로 아래의 이키섬에 왜 그리 인구가 많았는지도 이해될 것이다. 배를 타고 활동하는 것을 업으로 사는 이들이 모여 있었으며, 이들은 경제적으로는 한반도 남부와 규슈 지역에 의존한 채 수틀리면 해적으로 돌변하기도 했음을 알 수 있다. 물론 때때로는 용병으로도 활동했을 테고. 결국 그 결과물이 꽤나 좋았기에 섬 자체는 물자 생산이 부족함에도 비교적 많은 사람들이 살았던 것이다.

이처럼 항구를 통해 일본과 적극적으로 무역을 한 금관가야는 만일을 대비하여 상당한 무력을 준비한 채 일본 내 해적 집단과 정규 무역을 하는 세력 등을 함께 관리하고 있었다. 당시에는 해적 집단과 정규 무역이란 종이 한 끗 차이였다. 언제든지 평화롭게 무역을 하다가도 해적이 될 수 있었으니까. 이에 금관가야도 규슈 세력과 협력하는 등 이들을 관리하는 데 꽤나 세밀한 방법을 썼을 것이다. 반면 신라는 일본에 대한 견제 심리가 강했고 이들과 매번 치열한 전투를 벌였기에 계속된 피해가 누적되고 있었다. 아무리 가벼운 무장을 한 일본 병력이라도 침략 숫자나 규모에서 당시 신라에게 분명 짜증나는 상대였기 때문이다.

400년 전후의 구체적 모습

잠시 이해를 돕기 위해 조선 시대 이야기를 하나 하자. 고려 말 왜구라 불리는 해적이 대마도를 기반으로 한반도 전역을 끊임없이 침투했고, 고려는 이를 적극 방어하면서 전 국토에서 전투가 수시로 벌어진다. 이런 상황은 고려 말 왜구 토벌로 큰 공을 세운 이성계가 조선을 건국한 이후에도 여전히 이어졌다. 이에 세종 1년(1419) 이종무가 이끄는 1만 7,285명의 병력이 대마도를 정벌하여 압박 정책을 보인다. 그와 함께 온건책도 펼쳤으니 세종 8년(1426) 대마도주의 요청을 받아들여 웅천의 제포, 동래의 부산포, 울산의 염포 등 3포를 개항하고 그곳에서 일본인들이 교역하는 걸 허용한 것이다. 그 이후 약 100여 년간 조선과 일본은 해적이 조용해지고 큰 갈등 없이 지낼 수 있었으며 3포에서 사는 일본인은 그 숫자가 한때 3,000명을 넘어서게 된다. 이처럼 무역을 여는 것은 부족한 부분을 평화적으로 채울 수 있게 하여 서로 얻는 이익이 크다.

한편 조선은 무력과 대마도를 통해서만 해적을 통제한 것은 아니었다. 당시 일본은 교토에 무로막치 막부가 세워져 있었으나 전국을 제대로 통제하지 못하고 있었다. 그래서 여러 다이묘(大名)들이 독자적 영지에서 독립적인 정치를 하고 있었다. 이에 조선은 교토의 막부뿐만 아니라 대마도, 이키섬의 왜구를 당장 관리할 수 있는 규슈, 주고쿠 서부 다이묘들과 직접 교류를 추진하였다. 그 결과 당시 조선과 통교하는 일본 가문은 조고쿠 서부의 오우치(大內), 규슈의 단다이(探題), 시부카와씨(澁川氏), 쇼니씨(少貳氏), 시마즈씨(島津氏) 등 규슈 주변 세력이 많았으며, 후쿠오카의 하카타(博多) 상인들까지 조선에 따로 사람을 보내 교역을 했다. 즉 이들은 조선이 통제, 관리하는 일본 세력들이었다. 이들에게 무역에 대한 이득을 보장하는 대신 해적을 내부에서 막도록 한 것이다. 물론 가만있기만 하는 것은 아니어서 일본 규슈 세력들은 만일 무역 물자에 불만이 생기면 대마도를 움직여서 조선을 압박하기도 했다.

이런 모습은 3~4세기에도 그대로 들어 먹힌다. 철기 무장을 기반으로 평화를 유지한 채 일본과 무역을 하는 금관가야는 조선 초기 방식이고 끊임없이 침투하는 일본 세력과 싸우던 신라 방식은 고려 말 방식이라 할 수 있다. 또한 앞서 이야기했듯 당시 일본은 간사이와 규슈 세력으로 크게 나뉘어 있었는데, 규슈는 한반도와 가까운 이점으로 앞선 문화를 바로 받아들일 수 있는 상황이었기에 3~4세기까지는 규슈 지역이 오히려 훨씬 선진 문화 지역이었다. 그러나 간사이 지역은 넓은 평야와 많은 인구라는 장점을 통해 3세기 후반부터 점차 세력이 커지더니 5세기부터 비로소 일본을 대표하는 중심지로 올라선다. 이에 5세기 중반까지 한반도와 이루어진 일본 외교, 무역은 마치 조선 초기처럼 대부분 규슈 지역 세력으로 생각된다. 바로 이 부분에서 금관가야는 규슈 세력과 꾸준한 교류를 통해 상당한 신뢰를 쌓아갔던 것이다.

한편 신라는 금관가야와 대립하고 있는 상황에서 큰 위기의식을 느낄 만한 사건이 발생하였다. 4세기 중후반 가야가 백제의 근초고왕과 연결되면서 과거 "중국-낙랑-금관가야-일본"으로 이어지는 무역로가 백제의 중개로 다시금 열리게 되었으니 말이지. 이는 곧 금관가야가 선진 문화를 다시금 빠르게 받아들일 수 있어 그만큼 앞서 나가게 될 상황임을 의미했다. 이러한 큰 위기의식으로 인하여 신라는 광개토대왕 즉위 시점에 고구려와 더 깊은 외교 관계를 맺게 된다. 이때가 392년이었다. 이처럼 신라는 고구려를 통해 고급문화를 더욱 속도감 있게 받아들여 금관가야와의 경쟁에서 지지 않겠다는 의지를 보였다.

이런 흐름에서 드디어 광개토대왕이 본격적으로 역사에 등장하자 고구려와 백제 간에 긴장감이 더욱 높아졌다. 그러자 금관가야는 자신들의 외교력을 발휘하여 일본 세력을 이용해 고구려 편에 선 신라를 적극적으로 공격하기로 하였다. 본래 종종 하는 신라에 대한 해적질이니 일본이야 좋다 했을 테고, 그 규모를 더 키우기 위해 백제의 일부 물자 지원 및 규슈 세력의 도움도 있었을 테다. 금관가야는 이 김에 신라를 완전히 밟아버려서 더 이상 자신을 쫓아오지 못하게 만들고자 한 것이고, 백제는 고구려와 연결하는 신라를 압박하여 자신들의 후방을 안정화시키기로 한 것이다. 그러자 광개토대왕은 400년, 무려 5만 대군을 출병시켜 신라로 침입한 세력을 완전히 분쇄시킨다. 그리고 금관가야 지역까지 고구려 군대가 몰아치니 가야의 변경 성은 금세 항복하고 이곳에는 신라 병사가 주둔한다.

이 당시 고구려는 상당한 무력을 지니고 있었는데, 미늘 갑옷과 중무장한 기병, 그리고 살상력이 높은 쇠 투겁창이 병력 비율의 45%에 이르면서 오히려 칼은 보조 무기로 활용되는 무장 체계가 그것이다. 이 중 미늘 갑옷은 작은 쇳조각을 비늘처럼 촘촘하게 꿰어 만든 것으로 제작하기도 어렵지만 동시대 금관가야가 사용하던 판갑옷보다 방어력이 월등하게 위였다. 거기다 갑옷을 입은 기병은 말을 완전히 갑옷으로 가려서 방어력을 극대화한 형태였으며, 금관가야가 만약을 대비하여 일본에 수출을 엄격히 통제한 쇠 투겁창마저 고구려에게는 기본 무장일 정도로 흔한 무기였다. 이런 군단은 가야보다도 수십 년 앞선 무장 체계였으니 일본 군사와는 감히 비교 자체가 될 수 없었다. 문제는 병력의 질뿐만 아니라 그 숫자마저 압도적이었다는 것이다.

당시 일본이 신라로 공격한 병력 규모는 어느 정도였을까? 3세기 기록에 따르면 대마도 및 이키섬에 2만 명 이상 살았다고 하니… 음, 4세기 들어와 인구가 늘어났다 치더라도 자원이 부족한 작은 섬이라는 한계도 있어 한반도나 규슈 세력과 달리 큰 차이는 없었을 것이다. 그렇다면 남자가 절반으로 1만이고. 이 중 성인 남자로 20%를 동원했다고 칠 때

최대치가 2,000명 정도 아닐까? 여기에 규슈나 금관
가야의 병력이 더해져 곱하기 2를 해, 최대 4,000명
이라 계산하더라도 이 정도면 당시 주변 세력을 볼
때 정말 놀라운 규모의 대군이었다.

《삼국사기》 신라본기에는 비슷한 시점인 393년,
다음과 같은 내용이 나온다.

> 5월에 왜인들이 와서 경주를 에워싸고 닷새가
> 되도록 풀지 않았다. 장수와 병사들이 모두 나가
> 싸울 것을 요청했으나, 왕은 "지금은 적들이 배를
> 버리고 깊숙이 들어와 죽을 곳에 있으니 그 예봉을
> 당할 수 없다." 하여 성문을 닫아걸고 있자, 적들이
> 아무 소득 없이 물러갔다. 왕이 먼저 용맹한 기병
> 200명을 보내 그들이 돌아가는 길목을 막게 하고,
> 다시 보병 1,000명을 보내 독산까지 추격하여 양쪽
> 에서 끼고 공격해 크게 쳐부수니, 죽이고 잡은 수가
> 매우 많았다.

이 기사는 《삼국사기》에 기록된 일본의 신라 침
략 중 손꼽히는 규모의 어려운 전쟁이었다. 그럼에
도 경주를 무려 5일간 포위하며 공격하던 일본을 신
라가 기병 200에 보병 1,000을 이용하여 승리한 것
으로 보아 일본 병력 규모 역시 그와 비슷한 숫자거

나 설사 아무리 많더라도 신라보다 2~3배 정도였을 것이다. 이처럼 아무리 많아 보았자 겨우 수천 명 정도의 병력을 상대로 고구려가 5만 명을 파견한 것이니, 설사 기록된 군사 숫자에 일부 과장이 더해졌더라도 이는 분명 의도가 있는 사건이라 할 수 있겠다. 광개토대왕은 금관가야와 일본 세력의 분쇄를 통해 백제의 힘을 약화시키고 더불어 전략적으로 중요한 신라를 완벽히 고구려 통제 안으로 넣기 위하여 이처럼 대규모 원정을 선보였던 것이다. 사실상 한반도를 장악한 나라가 누구인지 보여주는 퍼포먼스에 가까웠으며, 이 안의 세력들은 누구든 백제 편에 서지 말고 고구려의 천하에 들어오라는 의미였다.

이후 신라는 왕마저 고구려가 마음대로 하는 보호국 시대를 한동안 맞이하였고, 백제는 결국 고구려에게 한성을 뺏긴 채 지금의 충청도로 나라 중심이 이동했으며, 금관가야는 4세기까지의 전성기를 끝내고 한때 위대한 명성을 지녔던 소국으로 변모하게 된다. 물론 일본 역시 어마어마한 결과를 받아들였으니 가야, 백제 등 여러 한반도 지역의 사람들이 고구려 원정 이후 안정을 위해 일본으로 삶의 터전을 옮기면서 5세기 들어와 철기 문화가 본격적으로 도입되는 시대가 열리게 되니까. 이제야 샤먼적 권위를 기반으로 한 통치가 아닌 본격적인 세력 경쟁 시대를 맞이하게 된 것이다. 실제 5세기 초반부터 일본 무덤에는 청동 거울 숫자가 크게 줄어들고 이를 대신하여 철기 무장이 대거 부장되기 시작하니까.

결국 하고 싶은 이야기를 담은 것

카페에서 유자차를 다 마시고 쿠키까지 먹었더니, 시간이 좀 흐른 것 같네. 휴대폰을 꺼내 보니 벌써 4시 10분이 되었군. 꽤 박물관에 있었던 것 같다. 슬슬 일어날까.

카페를 나와 박물관 상점을 잠깐 구경하던 나는 다음 계획을 고민해본다. 우선 버스터미널로 가기 전, 주변 가게에서 김밥이나 사서 먹어야겠다. 점심을 좀 빨리 먹었더니 배가 고프네. 그럼 김밥을 먹으면서 수로왕릉을 볼까? 아님 수로왕비릉으로 이동할까? 그래. 계획은 나중에 짜고 그냥 나가서 김밥집부터 찾자.

자. 그럼 국립김해박물관도 안녕~ 다음에 보자.

드디어 밖으로 나가 분식집을 찾으러 걸어간다. 그런데 잠깐. 불현듯 생각나는 것이….

그렇다면 광개토대왕릉비에서는 왜

百殘新羅舊是屬民由來朝貢(백제와 신라는 과거 고구려의 속민이 된 이래 조공을 바쳤는데)
而倭以辛卯年來渡海破百殘▨▨新羅以爲臣民 (왜가 신묘년 이래 바다를 건너 백제 ▨▨ 신라를 함락(破)하고 신민(臣民)으로 삼았다.)

라는 문장을 새긴 것일까? 갑자기 다시금 이 문장을 마지막으로 한 번 더 뜯어보고 싶어졌다. 분식집으로 가는 길에 고민해 보자.

391년 왜가 백제, 가야, 신라를 함락하고 신민으로 삼았다는 내용은 앞서 이야기했듯 과장된 이야기였다. 당시 일본은 오히려 백제, 가야로부터 고급문화를 받기 위해 줄을 서는 모습이었고 신라 정도만 공격 대상으로 싸우고 있었다. 뿐만 아니라 신라 역시 일본의 공격으로 피해를 입고 있었지만 이 시점 일본 세력의 목표는 신라에 대한 정복 전쟁이 아니라 약탈 전쟁이었으니 그 성격부터 달랐고. 그러니까 이 문장은 명백한 사실을 기록한 것이 아니었다.

그렇게 생각하고 보니 그 앞 문장은 더 이상하

다. 백제, 신라가 과거부터 고구려 속민이었다는 것
인데. 광개토대왕릉비가 세워지기 불과 43년 전인
371년만 하더라도 백제 근초고왕의 3만 대군 공격
으로 광대토대왕의 할아버지인 고국원왕이 평양에
서 사망하기 때문이다. 물론 백제에 의해 그 누구도
아닌 최고 권력자 왕이 죽은 일은 고구려에게 무척
큰 충격이었으며 실제로도 그 여파로 인해 한동안
큰 시련을 경험하게 된다. 즉 이때만 하더라도 반대
로 백제가 고구려보다 강함을 자부하고 있었다. 물
론 광개토대왕이 즉위한 시점 역시 백제는 고구려
에 먼저 고개를 숙인 상황이 전혀 아니었으며 병력
을 모아 적극적으로 대결을 펼치는 중이었다. 그런
데 웬 예전부터 속민?

신라도 마찬가지로 고구려에 병합된 동예, 옥저
와 달리 꾸준히 고구려와 공식 교류가 있어왔지만
어쨌든 독립국이었다. 그러다 광개토대왕 즉위 시
점인 392년에 통교를 맺은 것이 어찌 보면 고구려식
표현으로는 속민의 시작이라 할 수 있겠다. 이때는
신라가 완전히 고구려에 무릎을 꿇는 모습을 보이
니까. 그런데 그때가 오히려 광개토대왕릉비에 기
록된 신묘년(391)보다도 1년 뒤에 일이니. 이 역시
이상하군. 뭐. 《삼국사기》와 광개토대왕릉비 기록
간에 1년이라는 시간적 오차가 있어 그럴 수도 있지

만, 그것이 아니라면 타임머신이 있어 시간을 뒤로 돌린 것은 아닐 테고 말이지. 그렇다면 고구려가 저 이전의 신라와의 교류까지 소급 적용하여 신라 역시 속민으로 인식한 듯하다.

그렇다. 결국 이 내용은 일부 사실을 바탕으로 오류와 과장이 크게 들어간 고구려만의 해석이었던 것이다. 물론 광개토대왕의 업적을 더 위대하게 꾸미기 위해 일부러 만든 오류와 과장이었음이 틀림없어 보인다.

자, 이제 마지막으로 한 번 더 400년 시점으로 돌아가 보자. 광개토대왕은 즉위 직후부터 백제를 강하게 몰아쳤고 백제 왕은 계속된 패배 끝에 396년, 항복을 한다. 하지만 백제는 이렇게 지고 끝낼 생각이 없었다. 이에 가야와 일본 세력을 끌어와 고구려 동맹인 신라를 압박했으며 이를 통해 '중국—백제—가야—일본'으로 이어지는 무역 시스템을 겨우 유지시키면서 다시금 고구려를 공격할 기회를 찾고자 했다. 이를 위해 백제는 태자를 397년 일본으로 보내어 우호를 맺고, 한강 이남에서 군대를 크게 사열한다. 결국 400년 직전 일본의 신라 침입은 백제에서 권력 2인자인 태자까지 보내 만들어낸 큰 그림이었던 것이다. 물론 백제 태자는 바닷길을 따라 일본까지 이동하면서 금관가야에도 당연히 들렸을 것이니 이 과정에서 기존 무역로에 대한 걱정을 무마시키며 백제를 계속 따를 것을 요구한 것으로 보인다.

하지만 광개토대왕은 백제의 마지막 희망까지 끊기 위하여 5만 대군을 파견한다. 이를 통해 신라를 후원하여 금관가야가 통솔하던 부산 주변까지 신라가 관리하도록 만들었고, 그 결과 일본과의 또 다른 무역로를 만들어버렸다. 이것은 '고구려―신라―일본'으로 연결되는 선이었다. 덕분에 5세기 이후부터 신라는 고구려로부터 받은 문화를 바탕으로 일본에 고급문화를 전달하는 한반도의 또 다른 문이 되었다. 실제로 5세기 시점의 신라 관련 유물들이 일본에서 많이 발견되었으니까. 또한 신라와 일본이 적극적으로 무역하는 관계로 개선되자 일본의 약탈 공격 역시 크게 줄어들었다. 《삼국사기》에서도 신라를 공격하는 일본 세력 이야기는 5세기를 기점으로 거의 나타나지 않는다.

결국 광개토대왕의 5만 대군 파병은 한반도 남부에 대한 고구려 영향력 강화와 더불어 백제가 지닌 외교력을 고구려 쪽으로 완전히 옮겨오게 하는 것이 진짜 목표였다. 그리고 이처럼 대성공을 거둔 위대한 왕이 죽자 고구려는 끝까지 대항하던 백제의 격을 낮추기 위해 일본이 한반도 남부를 공격하자 고구려가 퇴치하는 내용으로 역사를 재구성하여 완성시킨다. 이를 통해 백제를 후진 지역이었던 일본에게도 끌려다니는 국가로 만들어버리고 대신 그 일본을 격퇴한 나라이자 주인공으로 고구려를 기록한 것이다. 오죽하면 광개토대왕릉비는 백제를 백잔(百殘)으로 표현하고 있다. 나는 부드럽게 해석한다고 백제로 바꿔 읽었을 뿐이다. 잔(殘)은 '잔인하다, 흉악하다' 라는 의미가 있으니 할아버지의 원수인 백제를 제대로 대우할 필요성을 못 느꼈음을 알 수 있다. 이런 원수에게 좋은 대접의 글을 쓸 이유도 없었겠지.

이렇게 고구려의 편견과 재해석이 담긴 광개토대왕릉비는 414년, 광개토대왕의 무덤 옆에 세워졌고 무덤을 관리하는 수묘인 중 대부분을 차지하던 백제 출신 수묘인들은 재해석된 역사의 중요한 증거로 남아 광개토대왕의 노비로 대를 이어가게 된다.

결론은? 광개토대왕릉비는 이처럼 객관적 사실이 아닌, 고구려가 주변 라이벌을 꺾고 큰 성취를 획득한 이후 만들어진 수정된 관점과 인식에 따른 역사가 담긴 것이다. 즉 고구려가 이야기하고 싶었던 역사적 정당성을 새긴 것으로 볼 수 있겠다. 그래서 고대 역사일수록 고고학이 중요한 것이겠지. 어디까지가 구체적 사실인지 아님 과장이 양념된 것인지 구분시켜 주는 중요한 증거가 되어주니까.

5

사라진 비밀의 책,
《개황력》

김해 구산동 고분군

국립김해박물관을 나와 좀 걸어가다 보니 백조라는 브랜드가 적힌 아파트가 보이는군. 오호! 백조 아파트인가보다. 아름다운 이름이네. 더욱이 박물관 바로 옆에 있는 아파트라니, 개인적으로 너무 부럽다. 한데 저 주변으로 아파트가 꽤 많이 자리 잡고 있으니 분명 학생도 많이 살 테고…. 음, 그래. 그렇다면 내 경험상 아파트 상가 건물에 가면 김밥집이 분명 있을 것 같다. 학생들이 많이 찾는 분식집이 있다면 좋은 장소이니까.

김밥을 먹기 위하여 나는 빠른 걸음으로 이동한다. 이윽고 상가 건물을 한 바퀴 쭉 도니, 역시나 내 생각대로 '김밥 먹는 재미'라는 김밥집 간판이 보이는군. 바로 이거다. 1층 상가에 위치한 김밥집에 들어가서 우선 김밥 두 줄을 사고, 그다음엔 김밥집 옆에 있는 할인 마트로 들어가서 토마토 주스와 초콜릿을 샀다. 이 정도면 준비 끝.

구입한 초콜릿을 뜯어 먹으면서 다음 목표를 향해 걸어간다. 상가 건물 남동쪽으로 5분 정도만 걸어가면 바로 수로왕비릉이다. 더 유명한 명칭으로는 허황후라고 하지. 가서 보면 아주 잘 정리된 5m 높이의 고분으로 모양이 참 예쁘다. 마치 U자형의 통통하고 예쁜 유리컵을 거꾸로 뒤집어놓은 듯한 모양이거든. 하지만 오늘은 허황후 고분은 보지 않고 김해 구산동 고분군으로 이동하기로 한다. 패스. 갑자기 목적지가 달라진 이유가 뭐지? 글쎄. 구산동 고분군으로 가서 정리하고 싶은 부분이 생겼다.

구산동 고분군은 수로왕비릉 입구에서 출발하여 동북쪽으로 5~10분 정도 걸어가면 도착한다. 지도로 보기에는 가까워 보이는데, 매번 갈 때마다 돌고 돌아서 시간이 더 걸리곤 하더군. 운 좋게 길을 잘 잡아 짧게 걸리면 5분이고 빙빙 돌아가면 10분이다. 그런데 순간적으로 도시에서 시골로 온 느낌이다. 어느새 옛 골목길이 등장하고 낯선 사람이 느껴졌는지 골목집에서 키우는 개소리가 우렁차다. 이렇게 가슴이 두근두근하며 미로를 탐험하다가 담장을 따라 언덕으로 조금 더 오르니 이제는 소를 키우는 우사(牛舍)가 보인다. 허허. 완벽히 과거로 돌아간 듯 아주 매력적인 공간. 그리고 우사 바로 옆의 길에 서서 오른편을 바라보니 저쪽에 고분이 완벽하게 모습을 드러내고 있네. 수로왕비릉과 거의 비슷한 크기다.

가까이 더 가보자. 구산동 고분군이라 푯말이 되어 있고 설명도 상세히 되어 있다. 읽어보니 가야 멸망 후 신라 시대 고분군으로 본래는 이 지역에 대규모로 고분군이 있었으나 최근까지 도시화로 인한 파괴로 주변에 불과 3개만 남게 되었다는 내용이다. 흠. 이 중 구산동 고분이라는 장소에는 2개가 있는데, 그중 하나만 봉분이 그대로 남아 과거의 위용 있던 모습을 보여주고 있다. 반면 남은 하나는 봉분이 절반 정도만 간신히 남은 형태라 안타까워 보인다.

푯말에 설명되어 있는 3개 중 마지막 하나의 고분은 여기서 500미터 정도 동남쪽으로 내려가면 백운공원이라는 곳이 있는데, 그곳에 따로 위치하고 있다. '구산동 백운대 고분'이라 하여 중간에 백운대를 붙여 부르는 중. 여기보다 조금 더 가파른 언덕 위에 있어 올라가면 도시 전반이 보여 뷰는 무척 좋으나 오늘은 방문하지 않으려 한다. 힘들어서. 오늘 하루 종일 돌았더니 체력에 한계로군.

그런데 이곳에 온 이유는? 본래 목적지였던 수로 왕릉이나 수로왕비릉은 자주 방문을 했었고, 그래서인지 너무나 오랜만에 구산동 고분군을 보고 싶어서 말이지. 또한 여기에 서서 보면 주변보다 높은 지대라 바로 아래에 수로왕비릉이 있는 담장과 소나무 숲도 보이고, 고즈넉한 느낌이 좋다. 수로왕릉이나 수로왕비릉과 달리 방문하는 사람이 거의 없어 조용한 것 역시 참으로 맘에 든다. 이렇게 주변 고분을 잠시 바라보다가 옆 돌계단에 툴툴 앉아 김밥을 꺼내 먹는다. 음 맛있군. 토마토 주스도 마시고. 흠흠. 잠시 휴식.

금관가야 마지막 왕 김구해의 흔적

　자, 휴식을 끝내고 다시 일어나 구산동의 고분을 보다가 잠시 등산한 느낌으로 도시 풍경을 지켜본다. 어느덧 난 저 아래 자리 잡은 빌라, 아파트가 없었던 가야 시대를 상상하여 그려보고 있다.

　김해에 구산동 고분이 만들어지던 시기는 6세기 중후반이었고 봉분 높이 4~5m 정도 되는 고분들이 아마 이곳부터 저 아래까지 쭉 펼쳐져 있었겠지. 가까이는 구산동 백운대 고분을 포함 수로왕비릉, 거기다 조금 거리가 있는 수로왕릉 역시 겉모습의 크기나 형태로 보아 이들 고분군에 포함될지 모르겠다. 다만 이 시기는 가야라는 이름은 여전히 살아있었으나 이미 신라의 영토가 된 시점이었다. 즉 신라인이 된

김해 구산동 고분군. © Park Jongmoo

금관가야의 후손들이 묻힌 장소였던 것이다.

532년인 신라 법흥왕 19년,《삼국사기》기록은 다음과 같다.

> 금관국주 김구해가 왕비 및 세 아들인 노종, 무덕, 무력과 함께 자기 나라의 재물과 보물을 가지고 와서 항복하였다. 왕은 예를 갖추어 상등의 관위를 주었으며 본래 그들 나라를 식읍으로 삼아 주었다. 아들 무력은 벼슬이 각간까지 이르렀다.

한때 찬란했던 역사를 지닌 금관가야가 드디어 오랜 라이벌인 신라에게 항복하였다. 그럼에도 마지막 왕이었던 김구해는 신라에 의해 높은 대우를 받았으니, 특별한 해택으로 금관가야 지역을 식읍으로, 즉 자신의 영지로 쓸 수 있게 해 준 것이다. 이는 그만큼 가야에 대한 신라의 두터운 우대를 보여주는 면모라 할 수 있었다. 그리고 그런 대우 때문인지 몰라도 신라 1등 관위인 각간에 이르렀다는 아들, 무력은 신라의 한강 유역 확보에 있어 누구보다 적극적으로 활동하여 큰 공을 세웠으며 나중에 신라의 최고 명장인 김유신을 손자로 두게 된다. 즉 김구해는 김유신의 증조할아버지였던 것이다.

이처럼 금관가야가 신라로 들어간 후 만들어진

구산동 고분. 그렇다면 이 고분은 어떤 형식으로 만든 것일까?

앞서 대성동 고분박물관에서 이 지역 고분의 변화 모습을 보았었는데, 다시 정리하자면. 널무덤→덧널무덤(목곽묘) → 구덩식 돌덧널무덤(수혈식석실분) → 굴식 돌방무덤(횡혈식석실묘)이 기억나겠지? 음. 불과 2시간 정도 전에 보고 왔으니 말이지. 그중 가장 마지막 변화인 굴식 돌방무덤이 바로 구산동 고분의 형태였다. 널무덤에서 구덩식 돌덧널무덤까지는 설명을 했으니 이제 마지막인 굴식 돌방무덤을 보자.

굴식 돌방무덤은 한자로는 횡혈식석실묘(橫穴式石室墓)라고 한다. 이 부분은 그래도 한자보다 한글 명칭이 더 이해하기 좋군. 그럼 이번에는 한글 명칭으로 이해해 보자면, 굴처럼 돌로 방을 만든 무덤이라는 뜻이다. 자연 속의 굴을 한 번 생각해 보자. 굴에는 입구가 있고 안으로 들어가면 널찍한 공간이 나온다. 바로 이런 형식으로 무덤에 입구가 있어 그 통로를 따라 시신을 안치하고 밖에 문을 닫아 보호하도록 했던 것이다.

이렇게 보아하니 금관가야의 마지막 왕 김구해의 무덤 역시, 김해의 구산동 고분 중 하나일 가능성이 있지 않을까? 지금 남아 있는 무덤 중 하나일 수도 있고, 이미 사라진 무덤일 수도 있겠지만. 나는 종종 100% 확신하지는 않지만 그렇게 생각하고 있다. 그래. 한 50%? 아 아니 30% 정도? 확률이 이렇듯 생각할 때마다 점점 낮아지는 이유는… 그의 아들 무력과 달리 김구해의 경우 더 이상 기록에 등장하지 않아 자세한 삶의 마지막을 알 수 없는 데다, 신라에 의해 진골 신분이 된 김에 경주로 옮겨 살다 경주에 묻혔을 가능성도 충분하니까. 음. 한참 진지하다가 김이 좀 새는군.

뭐, 어쨌든 구산동 고분군을 아주 가끔이지만 찾는 이유는 금관가야 마지막 왕의 흔적을 찾고 싶은 나의 진지한 마음 때문이다. 자, 이처럼 금관가야 마지막 왕 김구해는 정확한 무덤 위치는 알 수 없지만, 고고학적 결과와 역사 기록에 얼추 알맞은 장소는 찾아볼 수 있다.

문제는 금관가야의 시조인 수로왕이다. 그의 능은 지금 아주 잘 정비되어 이곳에서 걸어서 불과 20분 거리에 있는데, 《삼국유사》 기록상의 수로왕이 활동하는 1~2세기의 무덤의 형태와 전혀 맞지 않기 때문이다. 그럼에도 현재의 능이 수로왕의 능으로 인식된 지는 꽤 오래전부터로 여겨진다. 수로왕에 대한 자세한 이야기는 다름 아닌 《삼국유사》에서 나오는데, 이때 《삼국유사》의 저자 일연이 언급하던 수로왕릉이 바로 현재의 수로왕릉이기 때문이다. 이는 곧 최소한 고려 시대에도 수로왕의 안식처로 인식하고 있음을 의미한다. 그리고 고려 시대를 거쳐 조선 시대에도 수로왕의 능으로 이어지면서 관리가 대단히 잘 이루어졌다. 하지만 그렇게 관리가 잘 된 덕택에 중요한 조상의 묘 중 하나로 인정되어, 근현대 들어와도 감히 상세한 조사가 이루어지지 못하여 정확한 무덤 내부의 구조를 알 수 없다.

수로왕릉은 겉모습에서는 분명 6세기, 빨라야 5세기 후반의 고분 형식인데 내부의 형식을 알 수 없으니, 오히려 신비함이 더해진달까. 하지만 내부 구조에 대한 힌트가 하나 존재하는데.

임진왜란이 벌어지자 왜적이 수로왕릉을 파헤쳤다. 그런데 무덤 안이 매우 넓었고, 큰 대야만 한 두 골이 있었으며, 손발의 경골(脛骨)도 몹시 거대하였다. 왕의 시신 옆에는 두 구의 여자 시신이 있었으며 그들은 마치 살아 있는 것처럼 보였다. 나이는 둘 다 20세 정도로 무덤 안에서 꺼내자 곧바로 소멸되고 말았다. 아마도 순장된 여자 종인 듯하다.

이것은 조선 시대 이수광(1563~1628)이 편찬한

조선판 백과사전인 《지봉유설》에 나오는 내용이다. 아마 이수광은 선조와 광해군 시절에 자료를 수집하면서 이 이야기를 듣고 넣은 것 같은데, 이로 미루어보아 수로왕릉은 순장된 2인이 포함된 고분으로 보인다. 그런데 나는 이 내용을 접하면서 한 무덤이 생각났다. 경상남도 양산에 위치한 부부총이 그것이다. 5세기 말에서 6세기 초에 만들어진 부부총은 신라에 복속된 지역의 무덤 형식을 잘 보여주며, 양산시립박물관에 무덤 양식을 잘 복원하여 보여주고 있다. 한데 이곳에는 신라가 하사한 금동관을 쓰고 은으로 된 허리띠를 한 주인공이 부인과 함께 묻혀 있었고, 이들 부부가 누워 있는 머리 위쪽으로는 시종 3명이 순장된 형식이었다. 양산이야 김해에서 도로로 30km 떨어진 가까운 곳이라 차로 가면 넉넉잡고 30분이면 도착한다. 이처럼 김해와 가까운 양산의 부부총과 비슷한 시기에 만들어진 유사한 내부 디자인으로 느껴진다는 거지.

이렇듯 현재 수로왕의 능은 여러모로 볼 때도 고고학적으로는 그가 기록상 활동했던 1~2세기와 시대적으로 전혀 맞지 않은 것은 분명해 보인다. 생각이 이어지다 보니 수로왕에 대한 궁금증이 더욱 높아지는군. 과연 그는 누구란 말이지. 신화 속 인물일까? 실제로 존재했던 인물일까?

《삼국유사》와 《개황력》

광개토대왕릉비를 바탕으로 오늘 여러 박물관을 다니며 확인한 고고학적 발굴 성과를 볼 때 금관가야는 철기 문화를 바탕으로 무역을 중시했던 국가였음을 알 수 있었다. 그렇다면 지금부터는 '광개토대왕릉비' '중국 역사서' 이외의 문헌 기록 속 가야를 살펴볼까? 결국 '고고학 + 문헌 기록' 이 되어야 더 완벽한 가야의 모습과 함께 시조 수로왕을 그려 낼 수 있을 테니까.

우선 12세기 중반 김부식이 완성한 《삼국사기》에는 아쉽게도 가야 역사가 그리 많이 언급되지 않는다. 그가 고구려, 백제, 신라를 중심으로 역사를 정리하면서 가야는 주변부 역사가 돼버렸기 때문이다. 이에 《삼국사기》에서는 신라 역사 등에 가야가 조금 언급되는 정도로 그치고 있다. 그렇다면 우리가 익숙히 들었던 가야가 주인공으로 나오는 이야기는 출처가 어디일까? 예를 들어 알에서 태어난 수로왕의 전설, 석탈해와의 대립, 아유타국에서 온 허황후와 결혼, 수로왕의 후손 이야기 등등. 그것은 다름 아닌 《삼국유사》다.

유교적 관점에 따라 나라를 세운 시조 설화 이외에는 가능한 정치, 외교적인 내용 중심의 기록을 정리한 《삼국사기》와 달리 13세기 후반 일연이 쓴 《삼국유사》는 고려 시대까지 남아있던 삼국 시대의 다양한 전설 및 민간 이야기까지 담은 책이다. 이에 《삼국사기》와 《삼국유사》를 결합하여 읽으면 동일한 사건도 다양한 관점으로 파악할 수 있게 되지. 음. 그보다 더 강한 표현으로 주장해 볼까? 그래. 내 경험상 필수적으로 《삼국사기》와 《삼국유사》를 함께 읽어봐야 이 시대 역사의 구체적인 그림이 그나마 잡히는 것 같다.

《삼국유사》 기이편(紀異篇)에 가야 역사를 담은 '가락국기'라는 부분이 있다. 한자로 駕洛國記이니 말 그대로 가야국의 역사라는 의미. 다만 유독 수많은 가야국 중에서 금관가야 역사가 중심이 되어 담겨 있다는 사실. 이는 분명한 이유가 있어서겠지.

금관가야 후손이 정리한 기록을 바탕으로 일연이 《삼국유사》 가락국기를 썼기 때문. 뿐만 아니라 《삼국유사》라 그런지 사실 + 설화가 함께하는 가야 이야기인지라 이 부분 역시 어느 정도 감안하고 읽어야 한다.

여기서 하나 더 알아두어야 할 부분은 '가락국기' 라는 같은 제목의 책이 《삼국유사》 이전에 이미 존재했다는 점이다. 11세기인 고려 문종 때 금관주지사(金官州知事), 즉 김해에 파견된 지방관을 지낸 문인(文人)이 편찬한 책이 다름 아닌 《가락국기》였다. 이를 미루어볼 때 학자들은 13세기에 일연이 《삼국유사》를 집필하면서 11세기의 《가락국기》의 기록을 바탕으로 《삼국유사》 가락국기를 남긴 것으로 판단하고 있다. 즉 11세기 《가락국기》 내용을 사료로 하여 일연이 《삼국유사》에 어느 정도 요약하여 정리한 것이다. 한데 11세기의 《가락국기》는 《개황력(開皇曆)》이라는 책을 인용하여 정리한 것으로 본다. 《삼국유사》 안에 11세기 《가락국기》의 글을 그대로 옮겨오며 《개황력》이라는 책을 언급하는 부분이 있기 때문.

결국 전체적으로 볼 때 가야 역사가 담긴 13세기 《삼국유사》의 '가락국기' 부분은 11세기 고려의 한 문인이 편찬한 《가락국기》를 요약한 것이고, 《가락국기》는 《개황력》이라는 책을 바탕으로 여러 내용이 덧붙여 정리된 것임을 의미한다. 이에 가장 앞선 기록으로 보이는 《개황력》이 무엇인지 파악해 보아야겠군.

《개황력》은 이미 사라진 자료서서 구체적 내용은 알 수 없으나 《삼국유사》 가락국기의 원천이 된 책이니, 가야의 역사, 더 정확히는 금관가야의 역사를 담은 책임은 분명해 보인다. 특히 '개황력(開皇曆)' 이라는 명칭을 통해 학자들은 책이 나온 시점에 대한 다양한 의견을 보이고 있다. 하나씩 보자면,

1. 《개황력》의 개황(開皇)은 수나라가 581~600년 동안 사용한 연호이다. 이에 금관가야가 신라에 편입되고 난 뒤 신라 진평왕 시점(579~632년)에 나온 책으로 판단하는 의견.

2. 《개황력》이 금관가야 역사를 담은 책인 것으로 볼 때 김유신 등 금관가야계 신라인이 가장 전성기 시점이었던 문무왕 시점(661~681년)에 나온 책이나 그 권위를 위해 그보다 앞선 개황 시기(581~600)에 쓴 것으로 널리 알렸다고 판단하는 의견.

3. 신라 말에서 고려 초 무렵에 지역 각지에 발호

한 호족들이 자신들의 조상을 숭배하는 과정 중 김해 지역은 수로왕의 건국 설화를 중심으로 구형왕에 이르기까지의 연대기를 편찬한 것이 《개황력》이라는 의견. 이에 개황은 "금관가야라는 황국(皇國)을 개창(開創)하였다."라는 의미로 쓰였다고 한다.

등이 그것이다. 이처럼 《개황력》이라는 책이 완성된 시기에 대해 학자마다 다른 주장을 펼치고 있음을 보여준다. 그럼에도 하나 주목할 부분은 학자들의 주장에 따르면, 책이 나온 가장 빠른 시기라 할지라도 6세기 후반이며, 이는 곧 가야가 멸망하고 난 후의 시점이라는 것이다. 이처럼 시조 수로왕을 포함한 금관가야 역사서 《개황력》은 신라 시대에 작업된 책일 가능성이 크다. 물론 신라 시대 들어와 전체 역사가 정리되었어도 그 근본 내용은 분명 가야 시대에 이미 존재했을 테지만.

여기까지 흐름을 따라가다 보니, 《개황력》이라는 금관가야 역사책이 과연 어떤 과정을 통해 최종 정리된 것인지 궁금해지는군. 사실상 지금까지 남아 있는 금관가야 관련한 문헌 기록 중 70% 이상을 차지하는 것이 다름 아닌 《삼국유사》의 가락국기이고, 해당 가락국기의 원천은 《개황력》이니까 말이지.

이렇게 된 김에 광개토대왕릉비처럼 《개황력》을
주인공으로 잡고 다시 한 번 추적을 시작해 볼까?
《개황력》을 인용한 글에서 "수로왕의 성은 김 씨라
하는데, 즉 나라의 조상이 금색 알로부터 나온 까닭
으로 금으로 성을 삼았다."라 나와 있으니 아무래도
수로왕의 난생 설화 비밀도 《개황력》을 통해 파악
하면 더 명확해질 것이다.

신화의 탄생을 추적하다

이제 구산동 고분에서 내려와 수로왕릉을 향해 걸어간다. 어느덧 오후 5시 20분이라 안양으로 가려면 수원행 버스를 타러 버스터미널로 가야 하니, 겸사겸사. 바로 근처에 있으니까. 그럼 조금 빠른 걸음으로 걸어가며 금관가야의 시조 수로왕에 대해 생각해 볼까나.

한국인이라면 용비어천가를 대부분 들어본 적이 있을 것이다. 고등학교 때 아마 배우지? 덕분에 시험에도 중요 내용으로 나오고, 골머리 아프게 했던 기억이다. 이렇게까지 중요하게 여기는 이유는 용비어천가가 다름 아닌 세종대왕이 한글을 창제하고 새로운 문자의 성능을 실험하기 위해 만든 첫 책이자 서사시로서 그 의미가 상당하기 때문이다. 그 시작은 다음과 같다.

해東 六龍이 ᄂᆞᄅᆞ샤 일마다 天福이시니 古聖이 同符ᄒᆞ시니(해동에 여섯 마리 용이 나시어 하는 일마다 하늘의 복이니 옛 성인들과 같으니)

그렇다. 그 유명한 "육룡이 나르샤"가 바로 여기서 나오는 것이다. 그런데 이들 육룡은 누구일까? 바로 목조(穆祖), 익조(翼祖), 도조(度祖), 환조(桓祖), 태조(太祖), 태종(太宗)이다. 즉 세종대왕의 직계 6대조 할아버지까지를 육룡이라 일컫는 것이다. 이 중 태조는 조선을 건국한 할아버지 이성계이고 태종은 아버지 이방원이다. 즉 조선이 생기기 전 4대 선조들까지 왕으로 추존하였음을 알 수 있다. 용비어천가의 이후 내용은 육룡과 함께 조선 건국의 정당성을 이야기하고 조선의 발전을 기원하며 후대 왕에게 왕권 계승을 위한 자세를 이야기한다. 결국 용비어천가는 조선 왕조가 개국하였음을 찬양하는 노래라 할 수 있겠다.

그런데 왜 세종 시대에 비로소 용비어천가가 만들어졌을까? 한글 창제 때문에? 물론 그것도 이유가 되겠지만. 조선을 개국한 지 53년이 흐르니 충분히 새 왕조의 힘에 자신감을 얻고 이를 바탕으로 왕실의 권위를 더욱 탄탄히 보이기 위해 왕실을 찬양하는 서사시 작업을 한 것이다. 결국 세종 시대에 사회 시스템이 어느 정도 정비가 되었으며 또한 사회적으로도 필요성이 있었기에 가능했던 프로젝트였다.

그렇다면 왕조가 열리기 전의 4대 선조까지 왕으로 승격시킨 이유도 궁금해지네. 유교 경전의 예기 (禮記)에 따르면 제후는 5대조를, 천자는 7대조에게 제사를 지낸다고 한다. 아마 이 영향을 받아서 세종 대왕은 조선을 건국한 태조 위로 왕으로 추존된 4대 선조까지 포함하여 위대한 왕조를 연 업적을 찬양한 것 같다. 다만 중국에서 도입된 제도이겠지만 왜 이런 예법이 만들어진 것일까?

가만 생각해 보니, 한반도에서 나라를 건국한 인물 중 아무런 기반도 없는 상황에서 단 1대에 큰 업적을 남겨 왕이 된 경우는 거의 없었던 것 같다. 조선을 건국한 이성계만 보아도 조상이 함경도에서 꽤 잘 나가는 군벌이었고, 고려를 건국한 왕건은 당시 강한 해양 세력을 지녔던 호족의 아들이었다. 후백제 견훤도 마찬가지로 호족의 아들이고 태봉의 궁예는 신라 왕의 왕자였다고 주장했으며, 이에 몰락한 진골 후예로 보기도 한다. 음, 이처럼 나라를 하나 개국하려면 집안의 몇 대에 걸친 노력과 어마어마한 운이 결합해야 가능했던 일인 것이다.

이는 한반도가 아닌 다른 지역도 유사했다. 중국에서 명나라를 세운 주원장 정도를 제외하면 말이지. 무엇이든 세상에는 예외가 있으니까. 그의 출신 성분에 대해서는 직접 정보를 알아보기로 하고 여기서는 비밀. 가만. 북조선의 김씨 왕조도? 으음. 여하튼 어쩌다 예외는 있어도 고례 이래 수많은 예들이 있었기에 먼 조상들까지 공을 인정하여 왕으로 추존하기에 이른 듯하다.

그럼 더 이전의 고구려, 백제, 신라 그리고 가야를 건국한 시조들도 마찬가지일까? 수대에 걸친 노력, 바로 그것 말이지. 아쉽게도 《삼국사기》, 《삼국유사》 등을 읽어보면 각국의 시조들이 나라를 건국하고 세우는 과정이 놀라운 전설과 함께 이야기되고 있으나, 사료의 한계로 전설을 제거한 후 실제 존재했던 이야기만 뽑아내 추적하기란 매우 힘들다. 다만 그럼에도 불구하고 그 흔적이 어느 정도 남아 있어 조선의 용비어천가와 비슷한 흐름을 따라 가볼 수 있는 예시가 있기는 하지. 이번 기회에 더 자세히 살펴보자.

신라 김 씨의 시조 김알지

탈해 이사금 9년 봄 3월에 왕이 밤에 금성 서쪽의 시림(始林)의 숲에서 닭 우는 소리를 들었다. 날이 새기를 기다려 호공을 보내어 살펴보게 하였더니, 금빛이 나는 조그만 궤짝이 나뭇가지에 걸려있고 흰 닭이 그 아래에서 울고 있었다. 호공이 돌아와서 아뢰자, 사람을 시켜 궤짝을 가져와 열어보았더니 조그만 사내아기가 그 속에 있었는데, 자태와 용모가 기이하고 컸다. 왕이 기뻐하며 좌우의 신하들에게 말하기를

"이는 어찌 하늘이 나에게 귀한 아들을 준 것이 아니겠는가?"

하고는 거두어서 길렀다. 성장하자 총명하고 지략이 많았다. 이에 이름을 알지(閼智)라 하고, 금궤로부터 나왔기 때문에 성을 김(金)이라 하였으며, 시림을 바꾸어 계림(鷄林)이라 이름하고 그것을 나라 이름으로 삼았다.

《삼국사기》 신라본기

홍미롭게도 김알지는 금궤에서 탄생하지만 금궤는 알의 또 다른 변형으로 보기 때문에 난생 설화로 취급하고 있다. 즉 처음에는 알이었는데 시간이 지나 더 정교하게 스토리를 구성하면서 금궤로 바뀐 것이다. 그렇다면 그는 한국의 알에서 태어난 전설적 인물들 중 유일하게 살아서 왕이 되지 못했음을 알 수 있다. 알에서 태어난 주몽, 수로왕, 박혁거세, 석탈해 등은 왕이 되었는데 말이지. 대신 그의 후손들이 왕이 되면서 그는 신라 김 씨의 시조가 된다. 박, 석, 김으로 구별되는 신라 왕의 성씨 중 하나가 된 것이다. 이는 곧 조선이 세워진 후 고려 시대에 있었던 조선 왕의 조상들을 용비어천가로 추존했듯이, 김알지 전설은 신라 김 씨가 자신들이 왕권을 장악한 후 그 이전 시대의 조상을 추존한 흔적이라 할 수 있겠다.

물론 그 과정에서 김알지 신화는 시간이 지나며

御製

此新羅敬順
王金傅始祖
金櫃中得之
仍姓金氏者
金櫃掛于樹
上其下白鷄
鳴故見而取
來金櫃中有
男子繼昔氏
爲新羅君也
其孫敬順其
入高麗嘉其
來順謚敬順
歲乙亥翌年春
命畵見三國史
吏曹判書臣金益煕
奉 教書
掌令臣趙 涑奉
教摹繪

조속 〈금궤도〉 (1655년), 국립중앙박물관.
신라 김알지 탄생 설화를 그린 그림.

앞서 언급한 금궤를 포함하여 여러 이야기가 덧붙여진 것이 분명해 보인다. 우선 신라에서 김(金)을 왕의 성으로 쓰기 시작하는 것은 6세기 중후반 진흥왕부터니까. 그렇게 진흥왕이 성을 쓰게 되면서 이전 신라 왕들까지 김 씨 성이 소급 적용된 것이다. 물론 김 씨를 사용하기 이전에도 각기 가문마다 성씨를 대신하여 자신의 소속을 구별하던 방식이 존재했었다. 그것은 6부라 불리던 체제로 아마 학교 다니며 배운 국사 시간에 신라 6부 또는 경주 6부 등으로 간단히 배웠던 기억이 있겠지?

사실 혈연 중심의 집단 소속감에 있어 성씨가 지니는 효과는 대단하다. 그러나 그 이전 신라인들은 자신이 소속된 부(部)를 매우 중시하였으며, 오죽하면 자신을 알릴 때 마치 지금의 성처럼 이름 앞에 소속 부를 먼저 표현할 정도였다. 예를 들면 503년 신라인의 문자가 기록되어 있는 국보 246호 영일 냉수리신라비를 보면 "사훼부 지도로 갈문왕"이 등장한다. 풀어서 보면 6부 중 사훼부 소속이고 이름은 지도로이며 직위는 갈문왕이라는 의미다. 그런데 바로 이 인물이 6세기 초 신라를 지배했던 지증왕이라는 사실.

비슷한 예로 진흥왕 시절인 6세기 중반에 세워진 국보 198호 단양적성비가 있다. 단양적성비에는 금관가야 마지막 왕의 아들이자 김유신의 할아버지였던 김무력이 기록되어 있는데, 마찬가지로 김이라는 성은 적혀있지 않으며 "사훼부(沙喙部) 무력지(武力智) 아간지(阿干支)"라 기록되어 있을 뿐이다. 해석해 보면 "6부 중 사훼부 소속이며 이름은 무력, 관등은 아간이다."라는 의미다.

이처럼 부로 집단을 묶었던 형태가 6세기 중후반 들어와 왕부터 김 씨 성을 사용하면서 점차 시일이 지나자 동일한 혈연을 상징하는 성(姓), 즉 핏줄 중심의 성씨가 귀족들에게까지 점차 자리 잡게 된다. 당연히 이 과정에서 나라를 통치하는 신라 왕부터 자신의 성을 김으로 정하였으니 김알지 신화에 이전과 달리 알을 강조하는 대신 금궤를 넣은 것이다. 김알지 신화 중 "금궤로부터 나왔기 때문에 성을 김(金)이라 하였다."가 바로 그 부분이다.

그런데 말이지. 우연의 일치인지 또 다른 김 씨 성을 지닌 가야의 수로왕 역시 탄생 설화에 따르면 금궤에 놓여 있던 금알에서 태어났단 말이지. 더 큰 강조 효과를 노렸는지 금궤 + 금알로 금(金)이 두 번이나 언급되는군. 또한 우리가 쫓고 있는 사라진 비밀의 책《개황력》에 따르면 "수로왕의 성은 김 씨라 하는데, 즉 나라의 조상이 금색 알로부터 나온 까닭으로 금으로 성을 삼았다."라고 한다. 한마디로 김알지 신화와 거의 동일한 방식으로 성을 김으로 정한 이야기를 하고 있는 것이다. 그렇다면 김알지와 수로왕 중 어느 쪽이 더 먼저 금을 강조하여 김 씨를 언급한 설화일려나? 이 질문에 대한 답은 나중에 알아보기로 하고.

자, 다시 신라로 돌아와 이렇게 성을 김으로 했다는 내용을 정리하고 나면 김알지 전설 중 중요한 부분으로 '닭' 이 남게 되는데, 여기서 하나 더 흥미로운 부분이 등장한다. 앞서 언급한 경주 6부 중 하나인 사훼부를 한자로 보면 沙喙部이다. 이 중 훼(喙)가 바로 새의 부리를 의미하는 '부리 훼' 라는 사실. 그럼 사(沙)는? 당시 사는 '새로운' 이라는 의미로 쓰였다고 하는군. 즉 새로운 훼부라는 의미다. 그렇다면 6부 중 훼부라는 명칭도 존재했다는 뜻인가? 맞다. 학자들은 본래 훼부(喙部)만 있었으나 훼부의 세력이 강해지면서 시일이 더 지나 새로운 훼부인 사훼부가 추가된 것으로 추정하고 있다. 즉 6부 중에는 훼부와 사훼부가 존재했으며, 부 이름에서 드러나듯이 본래 이들은 동일한 조상을 지닌 채 오랜 기간 새를 부의 상징으로 알리고 있었던 모양이다. 옳거니. 그렇게 보니 김알지 전설에 등장하는 닭과 연결이 되네. 결국 닭은 자신들의 부를 상징하는 새를 대신하여 등장한 것이 틀림없다. 여기까지 정리된 정보를 바탕으로 그림을 쭉 그려보자.

1. 김 씨가 박 씨, 석 씨와의 경쟁에서 승리하고 신라 왕권을 완벽히 장악한 후

2. 자신의 소속 부(部)의 이름에서 드러나듯 부의 상징인 새를 바탕으로 흰 닭이 점지했다는 신묘한 선조(김알지)의 전설을 만든 뒤

3. 그 선조에게 당대 유명한 난생 설화와 결합하여 위대한 전설을 지닌 일족으로 구성한다. 소위 '신라판 용비어천가'이다.

4. 그리고 6세기 중반 김 씨 성을 신라 왕부터 사용하면서 알에서 태어난 난생 설화는 김 씨 성을 뜻하는 금궤로 교체된다.

사실 김알지라는 이름부터 인위적인 느낌이 강하다. 그러면 전설 속 김알지는 과연 실존 인물이었을까? 상상의 인물이었을까?

인류가 등장한 이후로 선조가 없는 후손이란 어떤 방식으로도 이 세상에 존재할 수 없는 일이다. 김알지라는 이름을 지닌 인물이 100% 아니었을 뿐,

한마디로 김씨 신라 왕계의 뿌리가 되는 인물은 분명 존재했다는 의미다. 다만 그 선조는 후손을 무척 잘 둔 관계로 마치 조선의 용비어천가처럼 위대한 난생 설화와 함께 어느 날부터 위대한 시조로서 추존된 것이며 지금도 한국 내 김 씨의 중요한 선조 중 하나로서 인정받게 된다. 결국 실존 + 상상이 결합된 인물이라 하겠다.

자. 역사를 따라 여기까지 따라와 보았으니 가야의 수로왕도 어느 정도 감이 잡히지? 가야 자체는 부족한 사료로 한계가 있지만 그럼에도 신라의 예시를 바탕으로 대입해 보면 분명 해답이 나올 것이다. 이렇게 생각을 정리하며 걷다 보니 어느덧 수로왕릉에 도착했네. 아직 오후 5시 40분이니 가볍게 들어가서 한 바퀴 돌고 버스터미널로 가도 충분하겠다. 그럼 왕릉으로 들어가 보자.

수로왕의 진짜 이름은 무엇이었을까

　즐거운 기분으로 수로왕릉에 방문한다. 붉은색의 홍살문도 보이고, 왕릉답게 격식에 맞는 여러 건물들도 보인다. 역시나 분위기가 좋은 장소라 방문하는 사람들도 참 많네. 입구에서 왼편으로 가면 연지라고 부르는 연못이 있는데, 꽤나 운치 있게 잘 구성되어 있다. 특히 연못에는 인공으로 만든 작은 섬이 떠 있고 그 위에는 소나무가 자라 있어 참으로 아이디어가 멋지다. 왠지 몰라도 나는 이곳 연지에 오면 매번 정신적으로 편안함을 느낀다. 한참을 그렇게 연못을 보다가 정신을 차린 듯 수로왕릉으로 이동한다.

　수로왕릉은 정문이 언제나 닫혀 있어 안으로 들

어가 볼 수가 없다. 중요 행사 때에만 개방하는 모양이더군. 그러나 무덤 주위를 두른 담이 그리 높지 않고 문틈으로도 바라볼 수 있으니 전체적인 모습은 개방감 있게 확인이 가능하다. 높이 5미터로 경주에서 볼 수 있는 고분들에 비해 그리 크지는 않으나 대신 고분의 선이 참으로 아름답단 말이지. 깔끔하고 깨끗한 잔디하며 정말 노력을 다해 열심히 관리한 느낌이 든다.

그런데 이 능의 주인이라는 수로왕의 진짜 이름은 무엇이었을까? 김수로라는 이름에서 왠지 신라의 김알지처럼 인위적 느낌이 조금 들어서 말이야. 수로왕의 수로는 한자로 首露이다. 이 중 수는 '머리, 우두머리, 임금'이라는 뜻이 있고 로는 '드러내다, 나타나다'라는 뜻이 있다. 음. '머리를 드러내다?' '임금이 나타나다?' 가만.

거북아, 거북아. 머리를 내놓아라. 내놓지 않으면 구워서 먹으리라.(龜何龜何 首其現也 若不現也 燔灼而喫也)

갑작스럽게 《삼국유사》 수로왕의 전설에 등장하는 구지가가 생각난다. "머리를 내놓아라→ 머리를 드러내다" 그렇다. 머리를 내놓아라 하니 머리를 드러낸 듯 등장한 수로왕. 마치 구지가에 대한 답변 같은 이름을 지니고 있는 것이다. 이렇듯 수로라는 이름은 어느 시기부터 구지가 전설과 결합하여 만들어진 이름처럼 보인다. 아니면 거꾸로 수로라는 이름에 맞추어 구지가가 결합되었을 수도 있겠지. 무엇이 정답인지는 더 알아보기로 하고. 어쨌든 한 자식 이름인 김수로를 볼 때 해당 전설의 배경이 되는 1세기 이름으로 보기는 어려울 것 같다.

그럼 구지가와 결합하기 전의 이름도 기록이 있으려나. 가만 생각을 더듬어보니, 통일신라 말기에 살았던 최치원의 저서 《석리정전(釋利貞傳)》에 따르면 다음과 같은 내용이 있었다.

가야의 산신 정견모주는 천신 이비가의 사이에서 뇌질주일(대가야 이진아시)과 뇌질청예(금관가야 수로왕)를 낳았다.

또 다른 가야의 신화인데, 남은 것이 딱 이 부분뿐이라 아쉽군. 여하튼 가야의 산신과 천신이 만나 대가야 왕과 금관가야 왕을 낳았다는 내용으로 학자들은 이를 금관가야의 전설이 아닌 대가야의 전설로 해석하고 있다. 이유는 대가야를 금관가야보다 먼저 언급하고 있기 때문. 즉 5세기 들어와 금관가야의 세력이 크게 약화하고 대신하여 대가야가 급격히 성장하자 가야를 대표하는 자리에 올라선 대가야를 위하여 새로운 신화가 구축된 것이 지금까지 일부 남아 전해지고 있는 것이다.

이처럼 대가야 신화에서 '뇌질청예'라 하여 금관가야의 시조 즉, 수로왕을 이야기하고 있으니 한자로 '惱窒靑裔(뇌질청예)'가 정확히 무슨 의미일까? 뇌는 번뇌를 뜻하고 질은 멈추다, 청은 푸르다, 예는 자손·후예라는 뜻을 지니고 있으니 '번뇌를 멈춘 푸른 자손?' 반면 대가야의 왕은 한자로 '惱窒朱日(뇌질주일)'이니 '번뇌를 멈춘 붉은 해'라는 의미가 있다.

가만, 그런데 더 깊게 생각해 보면 푸르다는 것은 바다를 의미하니까, 바다의 자손. 붉은 것은 평야의 태양을 의미하니까, 태양의 자손. 그렇다. 이 역시 드넓은 바다를 기반으로 한 금관가야를 빗대 푸른 자손으로, 내륙에 고령의 기름진 평야를 바탕으로 성장한 대가야를 빗대 태양의 자손으로 표현한 것이다. 거기다 이름 앞 글자인 뇌질은 '번뇌를 멈추다'라는 의미가 있으니 불교적으로 해석하면 세상의 번뇌를 끊은 부처를 뜻한다. 이는 곧 왕즉불 사상. 왕이 곧 부처라는 사상이 개입되었음을 알 수 있다.

결국 대가야 신화에 등장하는 시조의 이름은 삼국 시대 한반도 남부로 불교가 전해지면서 그 사상을 바탕으로 본래 자신들 기반의 배경을 더해 이름을 지었음을 보여준다. 지금 눈으로 볼 때 참으로 순수한 방식의 결합으로 탄생된 이름인 것이다. 주변국인 백제나 신라의 불교 도입 역사와 비교하면 대가야 신화에 불교식 이름이 추가된 시점은 빨라야 5세기 후반에서 늦으면 6세기 중반 정도로 추정할 수 있겠다. 즉 대가야가 권력을 잡은 5세기 어느 시점 금관가야 시조는 "바다의 자손"으로 불리다 6세기 전후로 불교적 이름이 더해져 '부처가 된 바다의 자손'이 되었음을 보여준다. 다만 뇌질청예와 같은 한자 뜻을 활용한 이름이 기록된 때는 당시 문화로 볼 때 6세기에 이르러서야 가능했을 것이다.

　　결국 김수로라는 이름과 뇌질청예라는 이름 모두 아쉽게도 김수로의 생전 이름은 아니었던 것이다. 그럼에도 김수로보다 더 이전에 쓰인 이름의 의미는 알아냈다. 자, 그러면 지금까지의 고고학 정보와 금관가야 시조로 파악된 이름 등을 기반으로 하여 사라진 비밀의 책《개황력》의 스토리를 짜보도록 하자. 이때 그나마 현실적 기반을 어느 정도 갖추고 있는 신라의 김알지 전설에 깃대어 살을 붙여보자.

1. 고고학적으로 볼 때 대성동에는 3세기 후반쯤 왕으로 불릴 만한 권력자가 등장했으나, 김해 전체로 볼 때는 양동리 고분에 2세기 후반, 왕으로 불릴 만한 권력자가 등장했다. 그리고 3~4세기 들어와 금관가야는 한반도 남부 최고의 문화와 무력을 지닌 지역으로 성장하였다. 전성기 시절 금관가야의 직접적 힘은 창원에서 부산까지 이르렀고 그 외의 여러 가야와 신라까지 간접적 영향력에 두고 있었다. 거기다 한반도 남부에서 금과 관련한 가장 빠른 시기 유물은 3세기 후반에 축조된 대성동 29호분의 금동관이다. 일단 가야 신화 속 금궤, 금알 등의 표현은 최소한 3세기 후반 이전에는 등장하기 어렵다는 의미이기도 하다.

2. 바로 그 3~4세기에 권력이 어느 정도 안정이 되자 금관가야 왕실 집단은 자신들의 선조와 뿌리를 부여, 고구려 등 북방에서 유행하는 난생 설화를 가져와 포장한다. 그 과정 중 오래된 역사를 자랑하기 위하여 신라의 김알지처럼 적어도 수세대, 그러니까 100~200년 정도 앞선 시대의 인물이 시조로 선택되었다. 마침 김해 양동리 2세기 후반의 목곽묘와 비교하면 서기 42년의 수로왕 전설은 약 130년

정도 격차가 난다. 이 정도면 선조에 대한 구체적 기억이 어느 정도 남아 있을 수 있는 시간차다. 다만 처음 만들어진 가야의 신화는 현재 남아 있는 내용과 비교하여 큰 틀은 유사할지라도 세부적인 내용과 신화 해석에 있어 많은 부분이 달랐을 것이다. 그럼에도 바로 이 시점이 《개황력》에 기록되기 전 신화의 첫 뼈대가 구성된 시기이기도 하다.

3. 하지만 금관가야는 400년 광개토대왕의 5만 대군 원정 이후 라이벌 신라와 비교해 급격히 힘이 약화되고 만다. 이를 대신하여 대가야가 가야의 대표로 성장하자 5세기를 지나 새로운 가야 신화가 만들어졌다. 그 과정에서 금관가야 시조는 '바다의 자손'이라는 명칭으로 불렸다. 이를 미루어볼 때 아무래도 3~4세기 금관가야가 자신들의 시조를 부르던 이름 역시 한자로 청예(青裔) 즉 '바다의 자손'과 비슷한 발음을 지닌 표현일 가능성이 커보인다.

4. 그러다 시간이 조금 더 지나자 어느 때부터 일부 살은 사라지고 대신 새로운 살이 붙어지며 수로라는 이름을 지닌 시조로 재탄생한다. 김 씨 성까지 추가되어 우리에게 익숙한 김수로가 되었고말이지. 무엇보다 신라 왕과 동일하게 금관가야 시조에게

김 씨 성이 추가된 것으로 볼 때 이 시기는 금관가야 시절보다 신라와 합쳐진 뒤 만들어진 신화일 가능성이 무척 크다. 또한 《개황력》이 집필된 시기이기도 하다.

지금까지 정보로는 이 정도까지 정리할 수 있겠군. 여기서 4번을 더 구체적으로 보자면 신라의 명장이자 삼국 통일이라는 위대한 업적을 세운 김유신과 연결되는 부분이 있으니. 음, 맞다. 너무 한 가지 생각에 집중했는지, 현실 세계로 돌아와 현재 시간이 궁금해졌다. 어느덧 어두컴컴해지는 주변 분위기를 보아하니 너무 오래 이곳에 있었던 것일까?

휴대폰을 꺼내 시계를 보니 어이쿠, 벌써 오후 6시 23분이다. 큰일이네. 너무 여유를 부렸나보다. 수원으로 가는 버스가 6시 40분인가 있을 텐데. 그럼 《개황력》이야기는 부족한 대로 여기서 급하게 마무리하고 집으로 가기 위해 버스터미널로 어서 빨리 가야겠다. 집이 안양이라 거리가 꽤 멀거든.

6

경주에서
찾아보는 흔적

다시 이어지는 여행

헉헉. 달리듯 걸어왔는데, 이것 참, 망했다. 터미널 입구에 도착하니 6시 38분이다. 순간 이동 능력이 없는 한 티켓을 사고 버스 타는 곳까지 이동할 때쯤 버스는 떠나고 말겠군. 티켓 판매하는 곳으로 어쨌든 간다. 포기하고 가니 그래도 최선을 다했다는 생각에 마음은 편하고 어느덧 시계는 40분을 찍고 있네. 할 수 없이 나는 시간표를 보며 갈 수 있는 장소를 다시 확인하기 시작했다. 서울? 오후 7시에 서울로 가는 버스가 있군. 그럼 4시간 40분이 걸리니 도착하면 11시 40분. 여기서 안양까지 가려면 또….음, 본래 목표였던 수원에선 버스 내리면 바로 경기도 버스 타고 집으로 갈 수 있는데, 귀찮네. 어떻게 할까나?

가만 생각해 보니. 이곳 김해에서 사라진 비밀의 책 《개황력》에 대한 이야기를 하다 김유신 앞에서 딱 끊긴 것이 조금 아쉬운 생각이 든다. 그렇다면 광개토대왕릉비를 통해 여기까지 여행을 한 이상, 신라인이 된 가야인의 삶에 대해서도 이야기를 이어가 볼까? 이대로 끝내기는 아쉽잖아? 즉 6세기까지의 금관가야 이야기는 지금까지 따라가 보았으니 신라와 합쳐진 후 이야기를 찾아보는 거다. 사실 금관가야는 멸망과 함께 한순간에 사라진 역사가 아니었거든. 끈질긴 그들의 삶과 문화는 신라인이 된 뒤에도 이어지게 된다. 그리고 그 증거물이 다름 아닌 《개황력》이기도 하지.

그래 결심했다. 나는 시간표를 다시 확인해본다. 오호. 경주 표가 오후 7시 30분에 있군. 김해에서 1시간 30분 걸리니 도착하면 오후 9시다. 그럼 경주에 도착해서 하루 자고 내일 경주 여행이나 하자. 결심 후 경주 티켓을 산다. 아직 50분 정도 시간이 남았군.

이곳 버스터미널의 공식 명칭은 김해여객터미널이다. 예전에는 50만 이상이 사는 도시답지 않은 허름한 터미널이었는데, 공사를 하여 2015년에 깨끗하고 화려한 버스터미널이 되었다. 그리고 바로 옆에 신세계백화점과 이마트가 생기면서 김해의 상업 중심지가 되었다. 나는 백화점은 가본 적이 없지만 버스터미널은 가끔 이용하다 보니, 공사하던 모습이 기억나네. 어쨌든 시간이 좀 남았으니 뛰듯 걸어오느라 힘든 다리도 좀 쉴 겸 도너츠 가게로 가자.

던킨 도너츠에 들러 초콜릿으로 가득한 빵 두 개와 딸기 우유를 산 뒤 의자에 앉아 먹는다. 급격히 떨어진 에너지를 채우는 데는 역시 초콜릿. 오늘 뭔가 많이 먹는 것 같은데, 정말 많이 걷고 이것저것 보다 보니 배가 계속 고프네. 먹으면서 경주에 가서 무엇을 확인할지 정리해 볼까나.

이번 경주 여행의 목표는 앞서 이야기하다 끊긴 《개황력》이다. 《개황력》이 어떤 과정을 통해 만들어졌는지 확인해 보기 위하여 경주 내 신라 전설을 확인하며 수로왕 전설과 이어보기로 하자. 단순히 보면 북방에서 유행한 난생 설화가 한반도 남부에 영향을 준 증거이지만 그 외에도 분명 큰 의미가 들어가 있으니까. 특히 수로왕 전설은 아까 큰 줄기만 대충 살펴보았으나 실제로는 흐르는 시대 상황에 맞추어 계속된 스토리 변화가 있었기에 그 흐름을 따라가면 단순히 금관가야만의 전설이 아니라 신라인이 된 가야인에게도 매우 중요한 전설이 되었음을 알 수 있다. 가야 역사가 주인공으로 되어 있는 거의 유일한 기록인 '《삼국유사》 가락국기'에서도 수로왕 전설을 가장 많이 담고 있는 이유가 바로 그 때문.

이를 위해서 수로왕 스토리의 큰 줄기인

1. 수로왕의 탄생 2. 석탈해와의 대립 3. 허황후와의 결혼 4. 알에서 태어난 아이가 여섯 명인 이유 5. 구지가

등이 지닌 의미를 하나씩 뜯어보고자 한다. 이 과정을 살펴보기 위한 경주에서의 여행 코스는 다음과 같다.

첫째. 경주 대릉원을 먼저 가기로 하겠다. 그리고 대릉원에서 김 씨 세력이 신라 왕을 장악하면서 왕비족인 박 씨 세력과 연합하는 과정까지 따라가 본다. 이를 통해 새로운 신화가 또 하나 만들어지거든. 신라 왕은 김 씨가 왕비는 박 씨가 맡게 되면서 생겨난 전설이었다. 이를 바탕으로 가야의 수로왕과 수로왕의 부인이었던 허황후 이야기도 비슷한 경우가 아니었을지 고민해 보자. 더불어 석탈해와 김수로 대립까지 알아보고.

둘째. 가야인들이 신라인이 된 후 어떤 삶을 살았는지 추적해 보자. 대표적 인물은 김유신이며 그의 엄청난 활약과 함께 새로운 가야 신화가 계속 만들어지기 때문이다. 금관가야계가 신라 내 최고 신

분 중 하나가 되면서 생겨난 일이었다. 그리고 수로 왕의 전설, 즉《개황력》역시 이 부분까지 가면 거의 마무리 지을 수 있겠다.

여기까지 확인하면 그동안 많은 사람들은 도전해 보지 못한 가야 이야기까지 끝낼 수 있겠지? 단순히 멸망으로 퇴장하는 가야 이야기가 아니라 신라 안에서도 이어지는 가야 이야기 말이지. 굿. 시계를 보니 시간이 거의 된 것 같군. 이제 버스를 타고 조금 자야겠다. 경주 도착 후 오늘의 계획은 간단하다. 밤이 되어서 여행은 불가능하고 숙소를 잡고 자야지. 24시간 찜질방 스타럭스가 경주시외버스터미널 북쪽으로 조금 올라가면 있는데, 지난번 이용해 보니 물도 깨끗하고 시설이 무척 좋더군. 거기서 잘 예정이다. 왜 하필 찜질방이냐고?

여행을 많이 다니다 보니. 피곤하게 다닌 다리의 피로를 푸는 데 뜨거운 물에 몸을 푹 담그는 것만 한 것이 없더라. 특히 여행할 때 나는 유적지, 박물관 등을 방문하므로 무척 많이 걷기 때문에 다리 피곤을 푸는 것이 우선순위다. 그리고 다음 날도 가볍게 목욕하고 나오면 하루 시작이 개운하다. 잠자는 것이 조금 불편할 수도 있으나 가끔씩 이렇게 자는 것 역시 재미있는 일이니까.

대릉원

오전 11시, 나는 경주 대릉원으로 들어와 구경 중이다. 어제 잠은 그럭저럭 잘 잤는데, 피곤해서 그런지 조금 늦게 일어났다. 그래서 찜질방 스타럭스 3층의 식당이 오픈하는 오전 8시에 맞추어 미역국까지 먹고 나왔네. 배가 든든하니 기분이 좋아 나와서 경주 시민이 된 듯 천천히 걸으며 대릉원까지 왔다. 물론 뜨거운 물에 몸을 담그고 나니 다리 피곤도 완전 풀렸다. 이 맛이 바로 찜질방의 힘이지. 그럼 오늘 또 열심히 다리를 혹사해 보자.

오늘은 우선 《개황력》의 원본 형태가 무엇인지 알아봐야겠다. 즉 신라에 가야가 편입된 뒤로 내용이 변하기 이전, 가능한 한 가야 시대 전설 이야기를 최대한 살려내서 파악해 보려 한다. 가능하냐고? 최대한 해 보는 거지 뭐.

이제 경주가 자랑하는 거대한 고분들을 본다. 과연 크고 아름답구나. 이들 거대 고분들은 고고학에 따르면 주로 4세기 후반부터 6세기 초까지 만들어진 것들로 당시 경주를 기반으로 하는 신라 힘을 상징하고 있다. 이를 학계에서는 돌무지덧널무덤이라 표현하는데, 돌무지 = 돌 더미, 덧널무덤 = 목곽묘 합쳐서 목곽묘에 돌 더미를 쌓았다는 의미이다. 즉 목곽 주위로 돌을 쌓아서 단단하게 만든 뒤 그 위에다 흙으로 봉분을 만든 형식이다.

이런 무덤 축조 방식은 4세기 초반 경주에서 등장하더니 목곽에 보호하듯 쌓던 돌의 양이 갈수록 많아지면서 4세기 후반부터는 대릉원의 고분처럼 거대한 고분으로 이어졌다. 이에 3세기까지만 해도 김해의 가야와 비슷한 무덤 방식에서 4세기 들어와 신라만의 것으로 구별되니, 이는 곧 지역적 특성이 만들어졌음을 의미한다. 이 중 천마총과 황남대총은 현대 들어와 발굴 조사가 이루어져서 금관을 비롯한 다양한 유물들이 쏟아져나와 큰 주목을 받았지. 덕분에 두 고분은 지금까지도 신라의 마스코트로서 활약 중이다.

한편 천마총은 발굴 당시 내용을 바탕으로 마치

동굴처럼 들어가서 볼 수 있도록 재현되어 있는데, 한 번 들어가 볼까? 우선 무덤 내부를 자른 듯 만들어진 내부 공간에서는 무덤의 주인이 어떤 위세품을 지니고 누워 있었는지 현실감 있게 보여주고 있다. 그리고 한쪽 벽에는 출토된 주요 위세품을 복원하여 완벽했던 과거의 모습은 어떠했는지 설명하고 있네. 이곳에 와 보니 참으로 황금이 찬란하게 빛이 난다. 이래서 황금, 황금 하는구나.

이처럼 5세기 신라는 황금 전성 시대를 열면서 어느덧 가야를 완전히 압도하는 실력을 보여주고 있었다. 특히 말을 탈 때 쓰는 마구에까지 화려하게 장식된 황금을 보면 광개토대왕의 5만 대군 원정 후 말에 대한 관심이 얼마나 높아졌는지 알 수 있다. 실제로 신라뿐만 아니라 가야에서도 5세기 들어와 이전에 비해 마구를 부장품으로 하는 경우가 매우 높아지는데, 이는 한반도 남부에 당시 고구려가 미친 영향이 무척 컸음을 뜻한다. 신라는 이렇게 발전한 말 장신구를 일본에까지 보급하였으니 5세기 후반 들어와 일본 고분에서는 신라가 준 말 장신구가 많이 출토되니까. 이로써 일본과의 관계도 개선을 이룬 것이다.

자. 그러나 나는 신라를 보러 이곳에 온 것이 아니라 금관가야 역사 연장선에서 방문한 것이니 더 자세한 이야기는 패스하고 다음 코스를 향해 걸어간다.

고대 왕들의 전설적인 수명

　이윽고 남쪽으로 조금 더 이동하니 보이는 미추
왕릉. 그래 이곳에서 좀 쉴까. 미추왕릉은 높이 12.4
미터로 금관이 출토된 천마총과 거의 같은 높이의
고분이다. 그런데 주위로 담을 쌓고 정문을 만들어
두어 마치 어제 김해의 수로왕의 능처럼 조금 더 보
호하는 분위기를 만들고 있다. 그 이유는《삼국사
기》에 따르면 미추왕이 김 씨로 최초 신라 왕이 된
인물이기에 그만큼 시조로서 그의 무덤 역시 중요
한 공간으로 인식하고 있기 때문. 그렇다면 수로왕
이 김해 김 씨의 조상이라면 미추왕은 경주 김 씨의
조상이라 하겠군.

　문제는 미추왕이《삼국사기》에는 3세기 중반에

즉위한 것으로 나온다는 점. 정확히는 262년이다. 그리고 283년 세상을 떴다. 가만 보자. 비슷한 시점인 3세기 후반, 김해의 대성동 고분에는 29호분처럼 대단한 권력자의 무덤이 있었으나 그 고분 형태가 봉분이 그리 크지 않은 덧널무덤, 즉 목곽묘였다. 바로 어제 본 것이니 분명하게 기억나는군. 그런데 미추왕릉은 금관가야와 달리 시대에 맞지 않는 이리 높은 봉분을 지니고 있을까? 그래. 지금까지 여행을 했으니 알 수 있겠다. 만일《삼국사기》기록이 정확하다면 이 고분 역시 미추왕의 것이 아닐 가능성이 크다. 김해의 수로왕릉처럼 어느 시점부터 미추왕의 무덤으로 인식되면서 지금까지 이어지고 있는 것이다.

그럼에도 이런 가능성이 존재한다. 조금 복잡하지만. 최대한 쉽게 풀어 이야기하자면.

356년, 내물왕이 즉위하는데, 이 인물부터 드디어 신라 왕이 석 씨에서 김 씨로 완전히 교체되면서 김 씨가 무려 556년간 신라 왕을 독점하게 된다. 사실《삼국사기》기록에 따르면 미추왕은 석 씨 왕들 사이에 한 번 잠시 나온 김 씨 왕에 불과했었거든. 그런데《삼국사기》에는 이렇게 김 씨 왕권 시대를 연 내물왕의 부인이 다름 아닌 미추왕의 딸이라 기록되어 있네. 이것이 가능한 이야기일까? 262년 즉

위한 왕의 딸이 94년이 지난 356년에 즉위한 왕의 부인이 되다니. 인간이 아니라 100년 이상을 사는 동물이라면 모를까. 혹시 거북이 같은? 그런데 이러한 장수 DNA는 그 전인 미추왕의 아버지에게도 이미 존재했나보다. 《삼국사기》에 따르면 미추왕의 아버지인 구도는 2세기 사람이니 말이지. 즉 4세기에 즉위한 내물왕의 할아버지인 구도는 다름 아닌 2세기 사람이고 2세기 인물인 구도는 역시나 3세기에 즉위한 아들 미추가 있는 것이다.

자, 놀란 가슴은 잠시 제쳐놓고 이제 구체적으로 가계도를 보며 설명해 보기로 하자. 앞서 언급한 김씨 혈족 중 구도라는 인물에게는 아들이 둘이 있었으니 각각 미추와 말구였다. 그리고 미추에게는 딸이 있었고 위의 설명대로 내물왕의 부인이 된다. 반면 말구에게는 아들이 있었으니 그가 바로 내물왕이다. 좀 복잡하다고? 그래, 쉽게 말해서 사촌 간의 결혼이었다. 이는 곧 석 씨에서 김 씨로 왕계가 바뀌는 과정에서 3대에 걸쳐 김 씨 혈족 간의 단단한 결합이 있었으며 그 결과 내물왕이 신라 왕이 되었음을 보여준다.

이를 볼 때 《삼국사기》대로 미추왕 이후 내물왕으로 이어진 것이 아니라 실제로는 내물왕이 즉위후 자신의 큰아버지이자 부인의 아버지인 미추를 왕으로 봉하여 미추왕으로 승격시켰을 가능성도 있어 보인다. 미추가 집안의 첫째였던 만큼 본래 강력한 권력을 지니고 있었기에 부인 쪽 힘이 석 씨와의 최종 경쟁에서 이기고 내물왕이 신라 왕이 되는 과정에 있어 무척 큰 도움을 주었던 것이다. 그리고 그렇게 석 씨와의 경쟁에서 승리한 다음 김 씨 왕계를 뼈대 있는 역사로 갖추기 위해 족보를 새롭게 정리하였다. 이에 내물왕의 할아버지 구도는 2세기 인물로 배치하였고 큰아버지 미추는 3세기 인물로 배치하여 무려 수백 년간 신라 내 최고 권력을 유지한 가문으로 만든다. 이를 통해 김 씨 집단에 석 씨를 대신하여 신라 왕권을 장악할 만한 오랜 권위와 정통성을 구축한 것이다.

이는 아무래도 내물왕 당대에 한 일은 아닐 테고 5세기 거대 고분을 만들며 시일이 지나 김 씨 왕실이 안정화되는 과정에서 이루어진 일일 테다. 지금 눈으로 보면 허황된 이야기일 수도 있으나 당시에는 '높은 수명 = 위대한 인물' 이라는 인식이 있었던 모양이니까. 오죽하면 수로왕 역시 《삼국유사》 가락국기에 따르면 무려 158세를 살았다고 기록되어 있을 정도. 실제로 그랬을까? 하물며 의학 기술이 발달한 지금도 쉽지 않은 나이인데? 물론 아니었겠지. 이처럼 미추왕과 내물왕의 이야기는 비슷한 시기 가야에도 존재한 이야기일 수 있다. 다만 시간이 지나고 지나 신라와 반대로 여러 가야의 권력자들이 통합되어 수로왕 혼자 158세를 살며 통치한 것으로 정리되었을 뿐이다.

이를 미루어볼 때 그렇다면 《삼국사기》 기록과 달리 실제로는 4세기 후반쯤 죽은 미추왕 역시 고고학적으로 거대 무덤을 가질 수 있는 충분한 시대적 조건을 갖출 수 있게 된다. 여기까지 이야기가 오히려 실제 역사에 가깝다고 나는 생각한다. 물론 학자들 역시 이 부분에 대해 여러 다양한 주장을 하고는 있지. 누가 보더라도 무슨 이유로 가족 세대 간 이렇게 간격이 큰 것인지 궁금할 테니까.

이처럼 이미 광개토대왕릉비를 보아서 알겠지만 삼국 시대 역사는 문장 그대로 읽고 끝내기보다 여러 부분을 세세히 검증 확인하면서 봐야 할 과대 포장과 재해석 부분이 많다. 가문의 역사를 가능한 한 길고 화려하게 보이기 위한 노력이 꾸준히 더해진 결과 후세 사람들은 완벽히 풀 수 없는 요지경이 된 부분마저 등장하고 마는 것이다. 한편으로는 이것이 당시 역사를 보는 또 다른 재미가 되기도 한다.

왕비족의 등장

　북에서 남으로 횡단하여 대릉원 정문을 통해 밖으로 나왔다. 이제 첨성대가 가까이 보이고 더 걸어가면 월성이 나온다. 기왕 이렇게 된 거 국립경주박물관까지 계속 걸어가자.

　쭉쭉 걸어가다 보니 내물왕릉이 보이며 경주 계림도 등장하는군. 내물왕은 아까 대릉원에서 이야기했으니 넘어가고 계림은 김알지의 금궤가 발견되었다는 바로 그 전설의 장소이다. 잠시 계림으로 들어가 볼까? 소나무 숲으로 이루어진 이곳은 유명세에 비해 규모는 작지만 분위기가 무척 좋다. 그래서 소나무를 배경으로 사진 찍는 사람도 꽤 많은 편. 역시나 오늘도 사진 찍는 사람들이 많이 보이네. 물론 소나무만 있는 것은 아니고 조선 시대인 1803년에 세워진 계림비각이 마치 사당처럼 잘 꾸며져 있어 전설의 공간 느낌을 잘 살리고 있다.

또 많이 걸었으니 잠시 이곳 벤치에 앉아 쉬자. 휴~ 그런데 말이지. 신라 김 씨의 조상으로 알려진 김알지 전설이 사실 석탈해 시대 금궤에서 등장한 아이뿐만 아니라 또 다른 버전으로 하나 더 있다는 사실. 생각난 김에 이것도 정리해 볼까?

《삼국사기》 신라본기에 따르면 알에서 태어난 박혁거세가 왕에 즉위한 지 얼마 지나지 않아 알영(閼英)이란 여자아이가 태어났다. 기록에 따르면 기원전 53년이라는군. 이때 알영은 우물에 용이 나타나 오른쪽 옆구리에서 낳았는데 한 노파가 데려와 키우니 자라서 덕스러운 용모가 있어 박혁거세의 부인이 되었다는 거다. 같은 기사가 《삼국유사》에도 나오는데, 《삼국사기》보다 더 자세한 이야기를 담고 있다. 우물에 용이 나타나서 왼쪽 옆구리로부터 아이를 낳았는데, 입술이 닭의 부리 같아서 월성 북쪽 냇물에 가서 목욕을 시켰더니 그 부리가 떨어졌다고 나온다. 그런데 이 여자아이와 김알지가 어떤 관계를 가지고 있냐고? 하나씩 살펴보자.

우선 첫 번째, 김알지를 한자로 보면 金閼智이고 알영은 한자로 閼英이다. 한편 신라 시대 지(智)는 현재의 아무개 님 할 때 님으로 쓰는 존칭 글자였기에 김알지는 현대식으로 김알 님이라 할 수 있다. 결국 '김알'이 진짜 이름인 것이다. 여기서 김 씨 성은 본래 존재한 것이 아니라 6세기 중후반 신라 왕인 진흥왕부터 성을 김 씨로 정하면서 소급 적용된 것이니 결국 알(閼)만 남네. 그런데 알영 역시 여자 이름으로 구별하기 위해 붙은 영(英)을 빼면 사실상 알(閼)만 남는다. 이처럼 흥미롭게도 둘 다 이름이 알(閼)로 동일한 것이다.

두 번째, 한편 알영은 태어날 때는 부리가 있었는데 목욕을 하니 부리가 떨어져 나갔다고 한다. 이는 곧 새로 태어나 인간이 되었다는 신화를 의미한다. 그렇다. 김알지 신화에서 닭이 크게 부각된 것과 마찬가지인 것이다. 이는 곧 경주 6부 중 김 씨 일족이 속한 훼부(喙部) 및 사훼부(沙喙部)에 훼(喙)가 부리 훼로 새를 의미하는 것과도 연결된다. 결국 자신의 부 상징을 바탕으로 구성된 동일한 신화 형식임을 알 수 있다.

이처럼 동일한 콘텐츠를 바탕으로 내용을 변형하여 한 명은 여성으로 또 다른 한 명은 남성으로 등장하게 만든 것이다. 그 이유는 무엇일까?

시대순으로 한 번 살펴보자.

5세기 들어와 신라는 고구려의 영향력에서 벗어

나기 위해 다방면의 노력을 하였다. 이를 위해 외교적으로는 고구려와 대립하는 백제와 손을 잡았으며, 일본과도 적극적으로 무역을 열어 과거와 같은 적대적 관계에서 벗어나고자 했다. 또한 신라 내부를 안정화시키기 위해 우선 신라 왕의 김 씨 독점 시대를 연 내물왕의 권위를 높이고자 했으며, 이에 그의 조상 족보를 정리하여 수백 년의 권위를 지닌 가문으로 변모시킨다. 그 과정 중 신화까지 결합하였으니 김알지 전설이 바로 그것이다. 박 씨와 석 씨보다 뒤에 경주에 안착한 집단이나 똑같이 난생 설화의 전설을 지니게 함으로써 김 씨만의 독자적 권위를 구축하고자 했음을 알 수 있다.

다만 내물왕에 이어 402~417년까지 즉위한 실성왕의 경우 그의 어머니가 석 씨였던 것을 볼 때 4~5세기 초반만 해도 여전히 석 씨 힘이 남아 있었음을 알 수 있다. 이에 석탈해에 기댄 김알지 설화가 구성될 수밖에 없으며, 또한 당시 조상을 부르는 명칭 역시 김알지는 아니었을 것이다. 아무래도 5세기 가야 지역에서 청예(靑裔) 즉 "바다의 자손"이라고 금관가야의 조상을 부른 것처럼 김알지 역시 새와 연관 지어 "하늘의 자손" 등으로 부르지 않았을까? 상세한 자료가 없어 이해를 위해 당시 김 씨 집단이 신성시한 새를 바탕으로 내가 조상 이름을 한 번 지어

보았음.

하지만 신라는 이때 6부 체제로 운영되는 나라였다. 그래서 5세기부터 김 씨 세력은 훼부, 사훼부 이렇게 6부 중 2개 부를 확보한 상황에서 석 씨는 몰락하고 대신 모량부의 박 씨 세력과 힘을 합치고자 한다. 이를 통해 경주 6부 중 과반수인 3부를 장악함으로써 신라 내부를 안정화하고자 한 것이다. 마침 박 씨 세력은 적극 호응을 하였고 그 결과 6세기 초반 즉위하는 지증왕에 이르러 신라 왕은 김 씨이나 왕비는 박 씨인 시대를 열었다. 박 씨가 왕비족이 되는 순간이다.

이처럼 두 가문의 결합은 새로운 신화를 필요로 하게 되었다. 이에 경주에 먼저 자리를 잡았던 박 씨가 시조로 모시던 혁거세와 신라 왕으로 권력을 잡은 김 씨의 시조를 결합하여 과거부터 함께했던 일족으로 구성하였다. 그것이 바로 용에서 태어난 알영의 탄생과 함께 혁거세와의 결혼이었던 것이다. 그리고 이 신화가 만들어질 때인 5세기 후반~6세기 중반까지 신라에서는 불교 영향력이 조금씩 강해지고 있었기에 그 내용에서 불교적 설화가 더욱 가미되게 된다.

용의 옆구리에서 태어난 알영은 석가모니가 어머니인 마야부인의 옆구리에서 태어났다는 전설을 차용한 것이며 이름의 알(閼) 역시 알가(閼伽, 부처나 보살에게 공양하는 물이나 그릇), 알가배(閼伽杯, 물을 담아서 부처에게 바치는 잔), 알가수(閼伽水, 부처나 보살에게 공양하는 물) 등에 쓰이는 알(閼)에서 가져온 것이다. 즉 지증왕의 아들이자 어머니가 박 씨이고 부인마저 박 씨였던 6세기 초반 법흥왕에 이르러 불교를 공인(527)하면서 불교 색채를 지닌 조상을 구성함과 동시에 김 씨와 박 씨가 두 가문의 결합 신화로 함께하게 되었음을 선포한다. 거기다 법흥왕에 이어 왕이 된 신라의 정복 군주 진흥왕도 부인이 다름 아닌 박 씨였으니 이 신화는 상당한 기간 동안 꽤 중요성을 지녔던 것이다.

그러나 혁거세와 알영의 신화는 또다시 김 씨 근친 결혼 시대가 열리면서 점차 옅어지게 된다. 왕실 혈통을 더욱 성역화하는 과정에서 최상위 성골끼리 결혼을 조장하니 다시금 진흥왕 이후부터인 6세기 후반부터 김 씨 왕족 간 근친결혼으로 태어난 인물이 신라 왕이 되었기 때문이다. 그가 579년 즉위한 진평왕이다. 이에 김 씨 왕가는 내물왕 시절 김 씨 일족의 독자적 권위를 위해 만들어졌던 김알지 신화가 다시금 필요하게 되었고 마침 동일한 신화를 바탕으로 한 알영의 알(閼)을 가지고 와서 불교적 이름을 지닌 김 씨 시조로 탈바꿈시킨다. 김알지라는 이름이 최종 완성된 시점이라 하겠다. 물론 이 과정에 김알지라는 이름이 예를 들어 "하늘의 자손"을 대신하면서 이전에 그를 부르던 명칭 또한 역사 속으로 완전히 사라졌을 것이다.

자. 이처럼 신라는 새로운 왕비 가문과 결합 할 때 족보를 재구성하든지 신화를 새로 만드는 작업을 했다. 현대인의 눈으로 보면 이해가 안 될 수 있으나 당시 시대에는 지배자의 위대한 권위를 상징하기 위해 반드시 필요했던 것이 다름 아닌 신화 작업이었기 때문이다. 당장 북한에서 김씨 일가를 위대한 백두산 혈족이라 주장하는 것을 보면 21세기인 지금도 왕조 형식의 국가라면 반드시 필요로 하는 작업임을 알 수 있다.

다시 살펴보는 수로왕과 허황후

앞서보듯 고대 국가에서는 한 가문과 다른 가문이 결합하는 모습을 전설적으로 신비하게 포장하는 과정이 무척 중요했다. 이에 고구려 등 북방의 영향이 강할 때는 난생 설화를 가져와 김알지라는 선조를 구성했고, 불교가 영향력이 강할 때는 여기다 불교적 설화를 가미했다. 이렇듯 당대 세계관과 인식이 만들어낸 그럴듯한 상상력이었던 것이다. 그러니까 음, 당시 기준으로 볼 때는 매우 그럴듯한 논리적인 상상력이자 그들만의 용비어천가.

그럼 여기까지의 신라 이야기를 바탕으로 지금부터 수로왕과 허황후의 전설을 살펴볼까?

갑자기 바다의 서남쪽에서 붉은색 돛을 단 배가 붉은 기를 매달고 북쪽을 향해 오고 있었다. 망산도 위에서 기다리던 유천간이 횃불을 올리니 곧 사람들이 다투어 육지로 내려 뛰어왔다. 신귀간(神鬼干)은 이것을 보고 대궐로 달려와서 그것을 아뢰었다. 왕이 그 말을 듣고 무척 기뻐하여 이내 구간(九干) 등을 찾아 보내어 그들을 맞이하게 하였다.

곧 모시고 대궐로 들어가려 하자 왕후가 이에 말하기를 "나는 너희들과 본래 모르는데 어찌 감히 경솔하게 서로 따라가겠는가." 라고 하였다. 유천간 등이 돌아가서 왕후의 말을 전달하니 왕은 그렇다고 여겨 관원을 이끌고 행차하여, 대궐 아래로부터 서남쪽으로 60보쯤 되는 곳의 산 주변에 장막을 쳐서 임시 궁전을 설치하고 기다렸다. 왕후는 산 바깥쪽 별포 나루에 배를 대고 땅으로 올라와 높은 언덕에서 쉬고, 입고 있는 비단바지를 벗어 폐백으로 삼아 산신령에게 바쳤다. 왕후를 시종한 두 사람의 이름은 신보와 조광이고, 그들의 아내 두 사람의 이름은 모정과 모량이라고 했으며, 노비까지 합해서 20여 명이었다. 가지고 온 화려한 비단, 의상, 금은 주옥, 패물, 노리개 들은 이루 기록할 수 없을 만큼 많았다.

왕후가 점점 왕이 있는 곳에 가까이 오니 왕은

나아가 그를 맞아 함께 임시 궁전으로 들어왔다. 왕후를 모시고 온 신하들은 섬돌 아래에 나아가 뵙고 곧 물러갔다. 왕은 관원에게 명하여 왕후를 모신 내외들을 인도하게 하고 말하였다. "사람마다 방 하나씩을 주어 편안히 머무르게 하고, 그 이하 노비들은 한 방에 5, 6명씩 두어 편안히 있게 하라." 좋은 음료와 만든 술을 주고, 무늬와 채색이 있는 자리에서 자게 하고, 옷과 비단과 보화도 주었고, 군인들을 많이 모아서 그들을 보호하게 하였다.

이에 왕이 왕후와 함께 침전에 있는데 왕후가 조용히 왕에게 말하였다. "저는 아유타국(阿踰陀國)의 공주로 성은 허(許)이고 이름은 황옥(黃玉)이며 나이는 16살입니다. 본국에 있을 때 금년 5월에 저의 부왕과 모후께서 말씀하시기를, '우리가 어젯밤 꿈에 함께 옥황상제를 뵈었는데, 상제가 말하시길 가락국의 왕 수로(首露)라는 자는 하늘이 내려 보내서 왕위에 오르게 하였으니, 곧 신령스럽고 성스러운 것이 이 사람이다. 또 나라를 새로 다스림에 있어 아직 배필을 정하지 못했으니 경들은 공주를 보내서 그 배필을 삼게 하라 하고, 말을 마치자 하늘로 올라갔다. 꿈을 깬 뒤에도 황천의 말이 아직도 귓가에 그대로 남아 있으니, 너는 이 자리에서 곧 부모를 작별하고 그곳을 향해 떠나라.'라고 하였습니다.

저는 배를 타고 여기저기를 찾아다니다가 이제야 당신의 얼굴을 가까이하게 되었습니다." 왕이 대답하기를 "나는 나면서부터 자못 성스러워 공주가 멀리에서 올 것을 미리 알고 있었기에 신하들이 왕비를 맞으라는 청을 하였으나 따르지 않았다. 이제 현숙한 공주가 스스로 왔으니 이 사람에게는 매우 다행한 일이다."라고 하였다. 드디어 그와 혼인해서 함께 이틀 밤을 지내고 또 하루 낮을 지냈다.

《삼국유사》 기이 편 가락국기

《삼국유사》 가락국기에서는 이처럼 허황후의 도래 과정과 수로왕과의 결혼담을 전하고 있다. 허황후는 아유타국(阿踰陀國)의 공주로, 서기 48년에 배를 타고 김해 가락국에 도착하였고, 가락국의 시조인 수로왕은 이를 미리 알고 그를 기다려 왕비로 맞이했다는 내용이다.

물론 신라의 예를 볼 때 아마 두 가문은 김해에 존재했던 구별되는 정치 세력일 수도 있고 또는 금관가야와 외부 세력, 예를 들면 부산 복천동에 있던 독로국 간에 결합을 상징하는 것일 수도 있다. 다만 이 설화 역시 수로왕 탄생 전설처럼 후대에 여러 이야기가 가미되어 어디까지가 본래 모습인지 알아내기란 쉽지 않다. 그럼에도 두 가문이 결혼을 했다는 부분은 분명한 진실일 것이다.

그런데 허황후의 아유타국(阿踰陀國)은 현재 인도의 아요디아(Ayodhya)로 알려지고 있으니 기원전 6~5세기에는 100여 개의 사원이 늘어선 불교 중심지였으나 지금은 힌두교 7성지 가운데 하나라 하더군. 나는 인도 역사는 잘 몰라 한동안은 그냥 넘어가다가 인도 전공자가 쓴《인도에서 온 허왕후, 그 만들어진 신화(2017)》라는 책을 발견하여 읽어 보니, 아유타라는 단어가 한반도에 알려진 것은 8세기 이후의 일이라 한다. 그때가 돼서야 비로소 이 단어가 한문으로 번역된 불경에 등장하기 때문. 그렇기에 아유타국은 신라 말 또는 고려 초 누군가에 의해 허왕후가 인도에서 왔다는 의미로 삽입된 단어라 하는군.

가만, 그런데 말이지. 후대에 결합된 아유타국 이야기말고도 당대 바다를 건너 저 멀리에서 한반도로 온 설화를 지닌 인물이 한 명 더 있었다. 바로 신라의 석탈해이다. 석탈해는 경주 석 씨 왕계의 시조로 신라의 다른 시조인 박혁거세와 김알지보다 더 상세하고 고구려나 금관가야 시조의 전설만큼 기승전결까지 완비한 스토리를 지니고 있어 인상적이다. 특히 석 씨 성을 나중에 소급 적용한 것 외에는 박 씨와 김 씨 시조와 달리 내용 자체의 변형이 거의 없는 듯한데, 이를 미루어볼 때 신라에서 제대로 된 건국 신화를 처음 만든 것은 사실 석 씨 집단으로 보인다. 그리고 그 영향을 받아 박 씨, 김 씨도 나중에 자신들의 시조에 걸맞은 난생 설화를 구축한 것으로 나는 보고 있다.

한편 《삼국사기》에 따르면 석탈해는 다파나국(多婆那國)이라는 나라에서 태어났는데, 그 나라는 왜국의 동북쪽 1천 리에 위치하였으며, 그 나라 왕이 아내가 큰 알을 낳자 버리도록 하여 알과 보물을 싸서 궤 속에 넣어 바다에 띄웠다고 한다. 그 배가 금관가야에 들렀는데, 아무도 건지지 않았고 그렇게 흐르고 흘러 경주 근처 바다까지 왔다. 때마침 해변에 있던 할머니가 궤를 열어보니, 아이가 있어 길렀는데, 궤가 떠내려왔을 때 까치 한 마리가 울면서 따라왔으니 까치 작(鵲)에서 석(昔)을 가져와 성을 지었다. 또한 궤를 풀고 나왔으니 이름을 탈해라 했다. 그리고 그는 여러 역경을 딛고 일어서 결국 신라 왕이 된다.

그런데 《삼국유사》 가락국기에도 다름 아닌 석탈해 이야기가 나온다. 다만 가야 측 이야기인지라 역시나 악당으로 등장하지. 완하국(琓夏國)에서 알을 깨고 태어난 탈해가 바다를 따라 가야로 왔는데,

수로왕에게 말하길 "왕위를 뺏으러 왔다."는 것이다. 이에 두 사람은 재주를 부려 승부를 보았으니 탈해가 매로 변하자 수로왕은 더 강한 독수리로, 탈해가 참새로 변하자 수로왕은 더 강한 새매로 변하는 것이 아닌가? 이에 탈해는 자신이 패배한 것을 인정하고 신라로 가버렸다는 내용이다.

결국 수로왕과 마찬가지로 석탈해 역시 실존한 선조에다 상상력을 가미하여 포장한 인물이겠지만 두 나라 모두 신화가 필요하던 3~4세기, 금관가야와 신라 간 세력 구도를 보면 충분히 이해되는 이야기이기도 하다. 신라보다 가야가 세력이 강했던 시대, 각기 수로왕을 선조로 삼은 가야와 김 씨가 권력을 잡기 전에 석 씨가 통치하던 신라는 큰 대립이 있었고 그 이야기를 바탕으로 가야 측 신화로 해석된 것이 수로왕과 석탈해의 재주 대결로 볼 수 있기 때문이다. 마침 둘 다 난생 설화도 지니고 있었으니 말그대로 난형난제로군.

특히 석탈해는 해양 세력과 연결되는 신화를 지니고 있어 학자들은 실제로는 동해 바다를 배경으로 무역을 하던 집단의 리더로 생각하고 있다. 즉 신화의 배경과는 반대로 저 먼바다 건너까지 철을 수출하던 진한 소국 중 하나일지도. 그러나 금관가야와의 바닷길을 둔 경쟁에서 밀리던 상황에서 내류 들판에 자리 잡고 있던 경주 세력과 결합하여 큰 국가를 이루었고, 그 과정에 석 씨 집단이 왕으로 올라서며 3세기에서 4세기 중반까지 석탈해 신화를 그럴듯하게 구성한 것이 아닐까? 어제 김해에서 박물관을 통해 보았듯이 당시만 해도 배를 이용하여 무거운 철을 수출하는 것이 최고의 부를 창출하는 힘이었으니까.

그렇다면 허황후 신화의 원형은 금관가야와 대립하던 석탈해의 세력과 달리 결혼이라는 상징으로 연결되듯 금관가야와 결합한 세력을 의미할 가능성이 크다. 실제로 가락국기는 수로왕의 탄생→석탈해와의 대립과 승리→허황후와의 결혼이라는 순서대로 기록되고 있기 때문. 이는 그보다 이전에 만들어진 고구려 신화에서 주몽의 탄생→부여에서 위기와 탈출→졸본에서 국가 건국→주몽의 아들 유리왕이 근처 비류국이라는 국가와 결혼 동맹으로 스토리가 이어진 것처럼 고대 시대 영웅에게 부여되던 훌륭한 스토리텔링이었던 것이다. 소위 이런 방식으로 이야기가 전개되어야 당시 사람들은 큰 감동을 받았다는 이야기.

이처럼 가야와 대립되는 세력을 상징하던 석탈해와, 동맹을 맺은 세력을 상징하는 허황후 이야기는 금관가야의 중요한 건국 스토리의 두 축임을 알 수 있다. 그런 만큼 처음에는 두 개의 소재 비중이 거의 비슷했을 것이다. 허나 이것이 금관가야가 신라에 통합된 이후부터는 자연스럽게 허황후 이야기에 더 많은 장식이 붙을 수밖에 없는 분위기가 된다. 신라와 대립하는 이야기를 더 부각시키는 것은 눈치가 보일 테니. 이에 석탈해와의 대립은 큰 변화 없이 그대로 둔 채 불교 신화를 비롯한 통일신라 시대의 여러 개념들이 더해지면서 수로왕과 허황후 이야기는 더욱 아름답게 부각되어 지금까지 이어지고 있다. 물론 실제로도 허황후 세력은 금관가야에서 왕비족으로 존중받던 중요한 집단이었을 것이다.

자, 결론을 내보자. 지금까지 보았듯이 수로왕과 허황후의 이야기는 가야 내 두 가문의 결혼을 포장한 위대한 전설이었다. 그리고 가야가 신라로 편입되어 《개황력》이 작업되기 전 원본의 모습은 '금관가야의 시조 탄생→석탈해로 대표되는 신라와의 대립과 승리→타 가야 세력과 결혼 동맹' 까지가 기승전결로 연결된 스토리였음을 파악하였다. 이제 이렇게 알아낸 전설의 기본을 바탕으로 신라인이 된 가야 사람들에 의해 어떤 살이 더 붙게 되는지 확인해 볼 차례다.

7

김 씨라는 성

국립경주박물관

이제 월성을 지나 조금 더 걸어서 박물관으로 들어가본다. 표를 끊고 국립경주박물관 입구를 거쳐 안으로 조금 들어가다 보면 오른쪽으로는 에밀레종으로 유명한 성덕대왕신종(국보 29호)이 기와 건축물 안에 들어가 있는 것이 보이고, 중앙에는 누각 형태의 지붕이 인상적인 박물관이 정면으로 보인다. '신라역사관'이라 불리는 상설전시실 입구까지는 높다란 계단을 올라가야 하는 형식인데, 건물 디자인이 참 재미있게 생겼다. 이 건물을 국립경주박물관 본관이라 부르며 사실상 메인 건물이기도 하다. 물론 국립경주박물관의 여러 건물 중 나이도 제일 많다. 당시 유명 건축가인 이희태(1925~1981)가 설계하여 1975년에

완공된 것이다. 60년대 이후 출생한 한국인이라면 설사 구체적 기억이 나지 않더라도 인생에 한 번 이상 방문한 건축물이기도 하다. 이유는 수학여행.

경주는 과거부터 문화적으로 중요한 도시로 인정을 받고 있었으며 그런 만큼 조선 시대에도 행정뿐만 아니라 관광 도시로의 명성을 지니고 있었다. 이에 박물관 문화가 전파되던 근대 시점부터 경주에서도 진열관을 만들어 유물을 보존, 전시하는 등 나름 근대적 방식으로 박물관을 운영하기 시작하였다. 일제 강점기 시대에는 조선총독부 박물관 경주 분관으로 명성을 알렸으며, 현재 경주 시내에 있는 경주문화원이 바로 그 당시 박물관으로 운영하던 건물이었다. 그 때문에 나이 많은 경주 분들 중에는 지금도 경주문화원을 '구박물관'이라고 부르는 분도 계신다. 여하튼 이렇게 운영되던 경주박물관은 박정희 대통령 시대인 70년대에 경주 자체를 크게 관광 도시화시키는 과정에서 신라 고분 조사, 발굴 등이 이루어지자 큰 변화를 얻게 된다. 바로 신축 건물을 만들어서 이사하는 계획이 그것이었다. 덕분에 경주에도 이제는 분관이라는 딱지를 떼버리고 볼 만한 국립박물관이 세워진다.

그러나 이후에도 유물이 새롭게 출토되거나 보관할 장소가 부족해지면 부지 안에 건축물을 계속

국립경주박물관 전경. 왼쪽에 보이는 건물이 상설 전시관인 신라역사관이고, 오른쪽은 성덕대왕신종이다. © Hwang Yoon

지었으니 월지를 조사하고 나온 유물을 전시하기 위한 월지관(1982), 주로 경주에서 출토된 불교 미술품을 전시하고 있는 신라미술관(2002), 영남지역에서 출토된 문화재 무려 60만 점을 보관할 영남권수장고(2019) 등이 그것이다. 여기다 2000년대 들어와 대중을 위한 강연과 교육 시스템이 박물관에 역할에 있어 중요하게 부각되자 관련하여 교육 시설인

수묵당(2004), 어린이 박물관(2005) 등도 개관한다. 특히 수묵당은 연못과 잘 어울려진 형태로 만들어져 한국적이면서도 품격이 느껴지는데 조금 숨겨진 듯한 위치에 있어 많은 사람들이 아직도 잘 모르는 경우가 많다. 분위기 있는 곳을 좋아하는 사람이면 미로를 찾듯 찾아서 꼭 방문해 보면 좋을 듯싶다.

이렇듯 국립경주박물관은 시간이 지남에 따라 꾸준히 발전하며 시대적 요구에 맞는 모습으로 변화한 장소임을 알 수 있다. 다만 1975년에 지어진 메인 전시관이 이제는 너무 오래되어 몸이 불편한 사람의 계단으로 이동, 방문객 숫자에 비해 오래되고 작은 크기의 화장실 등 불편한 부분이 있다는 점이 아쉽기는 하다. 자, 그럼 대충 설명은 이 정도로 하고 이제부터 상설전시장에 들어가 보자. 여기서 신라뿐만 아니라 가야 역사에 있어서도 중요하게 볼 부분이 있거든.

황금의 나라, 신라

국립경주박물관에서 가장 관람객의 관심을 끄는 공간은 역시나 황금 유물이다. 나 역시 방문한 김에 경주 고분에서 출토하여 박물관 한 공간에 모아 둔 금으로 만든 4~6세기의 여러 유물을 확인해본다. 금으로 만든 모자, 금으로 만든 허리띠 꾸미개, 금귀걸이, 금반지, 금으로 만든 접시, 금동제 그릇, 금동 신발, 금으로 장식한 칼 등등. 오죽하면 외부 세계에서도 신라를 보며 황금의 나라로 인식하였다고 했을까. 바로 그 증거물이 국립경주박물관에 전시되고 있는 것이다. 외부 세계? 아. 그러니까 다른 국가에서도 말이지.

예를 들면《일본서기》에는 "눈부신 금, 은, 채색

국립경주박물관에 소장되어 있는 천마총 금관. © Park Jongmoo

이 많은 나라", "금은의 나라" 등의 표현으로 신라
를 이야기하고 있다. 아랍의 지리학자 알 이드리시
(Muhammad al-Idrisi 1099~1166)가 그동안의 여러
정보를 취합하여 1154년에 펴낸 《천애횡단 갈망자

의 산책》이라는 지리서에는 신라의 지도와 함께 "신라를 방문한 여행자는 나올 생각을 하지 않는다. 금이 너무 흔하다. 심지어 개의 쇠사슬이나 원숭이의 목테도 금으로 만든다."라 기록하고 있다. 그렇다. 신라 귀족들이 애완으로 키우는 개와 원숭이까지 금으로 된 목걸이를 하고 있었던 것이다. 이 외에도 '신라 = 금'으로 설명하는 외부 시선이 꽤 존재하는 것으로 보아 지금뿐만 아니라 과거에도 금으로 대단한 유명세를 얻은 것은 분명해 보인다. 그러나 이렇게 화려한 신라의 금 시대는 현재까지 고고학적 조사의 결과에 따르면 4세기 후반부터 등장하고 있다. 그럼 그 이전에는 어떠했을까?

삼한에서는 구슬을 옷에 꿰매어 장식하기도 하고, 목이나 귀에 달기도 한다. 그러나 금은과 비단은 보배로 여기지 않았다.

《삼국지》위서 동이전

3세기에 쓴 진수의 《삼국지》에 따르면 금, 은, 비단을 보배로 여기지 않았다고 한다. 실제 고고학적 조사에 의해도 3세기 시점에서 금과 관련한 유물은 한반도 남부에 거의 보이지 않으며 대신 유리와 보석으로 만든 구슬이 부장품으로 많이 발견되었다. 어제 만난 김해 대성동 고분 29호분의 금동관 정도가 3세기 후반으로 가장 빠른 시점의 금 유물일 정도.

이를 볼 때 분명 4세기 어느 시점부터 신라에 금 문화가 도입되었고 그러다 5세기 들어 거대한 고분과 함께 금으로 치장한 권력자가 무덤의 주인이 된 것을 알 수 있다. 그 과정에서 금이 지닌 어마어마한 매력과 힘은 거대한 권력과 동일시되기에 이르렀고.

그렇다면 라이벌인 금관가야는 어떠했을까? 김해를 기반으로 하는 금관가야의 경우 어제 여러 박물관을 돌아본 결과 3~4세기, 특히 4세기에 중국에서 수입한 금동제 허리띠 꾸미개가 있었지. 또한 금동관 역시 사용한 흔적이 있고 말이야. 하지만 금 자체를 5세기 시점의 신라만큼 풍족하게 사용한 것은 분명 아니었다. 이 부분까지 들어오니, 5세기 들어와 경쟁자였던 신라와 금관가야 간에 국력이 크게 차이가 난 상황을 완전히 이해할 수 있겠군.

3~4세기 철을 바탕으로 해외 수출 및 철기 문화를 이룩하여 큰 세력을 구축한 금관가야. 이때만 해도 철 생산과 유통에 있어 신라는 가야의 상대가 되지 못하여 여러모로 밀리게 된다. 석탈해가 김수로에게 패하는 《삼국유사》의 설화가 바로 그 모습을 여실히 보여주고 있지. 하지만 고구려의 지원과 함

께 금이라는 문화가 적극 도입되면서 상품 유통 구조가 완전히 바뀌게 된다. 신라는 자국 영토 내에서 금을 대량 생산하면서 다양한 금 세공품을 만들기 시작하였고, 또한 부피가 작으면서도 큰 가치를 지닌 금을 통해 무역 부분에서도 효율적으로 많은 이익을 챙길 수 있게 된 것이다. 이는 곧 5세기 전후로 배에 거대한 무게를 지닌 철을 실어 수출하던 시대에서 작은 부피의 금으로 육지를 통해 많은 이익을 얻을 수 있는 시대로 변모했음을 보여준다.

이렇게 금이 중시되는 시대가 되자 철기 생산에서는 자신이 있던 금관가야이지만 금 생산 부분에서는 신라를 이길 방도가 도대체 나오지 않았다. 결국 가면 갈수록 국가나 권력자의 부(富)에 있어서 신라와 현격한 차이를 보이고 만다. 이처럼 5세기 들어와 황금의 시대를 맞이하면서 오히려 금관가야는 무역에 있어서도 신라에게 더욱 빠른 속도로 경쟁력을 잃어가게 된 것이니, 여기서 또 한 번 새로운 사업이 지닌 중요성을 깨닫게 한다. 하나의 사업을 완벽하게 우위로 지닌 집단일지라도 새로운 사업이 부각될 때 늦어버리면 순식간에 후발 주자에게 역전을 허용한다는 법칙이 바로 그것이다. 기존의 선진국이 무너지는 루트가 바로 이 방식이기도 하다.

신라 왕 이름, 김진흥

한동안 박물관에서 신라 시대의 금을 쭉 보고 있다 보니, 갑자기 궁금증이 생겼다. 신라에서 김 씨 성을 쓰기 시작한 시점과 금을 부각시키던 시점에 대한 접점이랄까?

4세기부터 금을 적극적으로 활용하기 시작했던 신라는 4세기 후반부터 6세기 초반까지 경주의 대릉원이라는 거대 고분에 금으로 치장한 권력자를 묻기에 이르렀다. 그리고 위계에 맞추어 가장 높은 계급인 왕과 그 가족 등 최고위층은 금관과 금 허리띠를 그보다 아래 계급에게는 금동관과 은 허리띠를 주는 방식으로 계층 피라미드 구조를 만든다. 당연하게도 당시 금은 누구나 쉽게 쓸 수 있던 물건이 아니었던 것이다. 그렇게 '금 = 권력자'라는 인식을 만들게 되니 금에 대한 가치와 이미지는 높아질 수밖에 없었는데, 바로 이 시기를 조금 지난 후부터 중국과의 외교에서 신라인이 성을 처음 활용하기 시작한 것이다.

진흥왕(540~576 재위)의 이름에 대해 《삼국사기》 기록에 따르면 삼맥종(彡麥宗)이라 한다. 그럼 김삼맥종인가? 아님 삼이 성이고 맥종이 이름일까? 이와 유사한 문제가 과거에 있었다. 진흥왕 바로 전의 신라 왕이었던 법흥왕의 경우 모즉지(牟卽智), 무즉지(另卽智) 등의 이름으로 신라 금석문에 기록되어 있으나, 동 시대 기록을 바탕으로 한 중국 사서에는 성은 모(慕), 이름은 진(秦)이라 기록되어 있기 때문이다.

이제 하나씩 뜯어서 보자. 법흥왕의 이름 모즉지, 무즉지 등에서 지는 앞서 이야기했지만 신라 시대 지(智)는 현재의 아무개 님 할 때 님으로 쓰는 존칭 글자였다. 즉 법흥왕의 실제 이름은 모즉 또는 무즉이라 불렸던 모양이다. 이것을 당시 성과 이름을 함께 쓰던 중국에서는 신라 왕 역시 당연히 성과 이름이 함께 있을 것이라 여겼기에 자신들이 신라로부터 받은 신라 왕 이름에 맞춰 비슷한 발음으로 왕 이름에 맞는 격 있는 한자를 찾아 성은 모(慕), 이름은 진(秦)으로 기록해 두었던 것이다. 그 결과 성이 모가 아닌데 모가 되어버린 상황이 된다.

이에 진흥왕 시절에 신라가 한강 유역을 확보한 후 이전과 달리 서해를 통해 중국과의 직접 교류가 활성화되자 과거의 이름 짓는 방식은 이제 바뀔 필요성을 느낀다. 중국과 외교할 때 중국처럼 성과 이름을 정확히 나누어 표현하는 것이 필요하다 여긴 것이다. 그래서 진흥왕은 삼맥종과 같은 과거 방식의 신라 이름이 아닌, 성은 김(金)이요. 이름은 진흥(眞興)이라 정한 뒤 이 이름을 중국에 알리게 된다. 그 결과 중국 사서인 북제서 무성 하청 4년(565)에 "신라 국왕 김진흥(金眞興)을 사지절 동이교위 낙랑군공 신라 왕으로 삼았다."라는 기록이 남는다. 이렇게 김진흥이라는 이름이 등장했으니 이것이 다름 아닌 객관적으로 교차 검증이 가능한 한국에서 김 씨 성을 활용한 첫 기록인 것이다. 다만 실제 도입 시기는 이보다 조금 더 빠를 수도 있으니, 대충 6세기 중반부터 김 씨 성을 사용했다고 보면 좋을 듯하다.

김알지 원래 이름은 금알지?

　　그렇다면 왜 신라 왕은 자신의 성을 김 씨로 정한 것일까? 이는 김알지의 전설을 통해 당당히 이야기하고 있다. "이름을 알지(閼智)라 하고, 금궤로부터 나왔기 때문에 성을 김(金)이라 하였다."가 그것이다. 그렇다. 당시 최고위층을 상징하던 금, 권력자만이 사용하던 최고의 보물 금, 바로 그것을 활용하여 신라 왕의 성 씨를 삼았던 것이다. 이를 통해 김(金)은 6세기 중반 금(金)에서 나온 성 씨이자 김알지의 전설 내 금궤의 추가 역시 6세기 중반 이후 이루어졌음을 알 수 있다. 이처럼 김 씨는 당시 신라 내 금의 활용도만큼이나 귀중하고 고귀한 의미를 지닌 성이었던 것이다.

그런데 여기서 하나만 더 깊숙이 나가보자. 신라 시대에는 김 씨 성을 아예 금 씨라 불렀다는 사실. 진흥왕 이름은 사실 김진흥이 아니라 금진흥이며 김알지 역시 금알지였다. 이 부분에 대해서는 "성씨 김(金)의 한자음 연원을 찾아서(권인한, 2004)"라는 논문을 바탕으로 내 생각을 조금 더 양념 넣어 정리해 본다.

논문에 따르면, 한반도에서 金의 발음이 금에서 김으로 바뀐 시점은 14세기라고 한다. 오히려 동 시대 신라 발음을 남긴 《일본서기》 기록에 따르면 당시 김에 대한 발음은 코무(ㅋㅁ), 즉 금에 가까웠던 것이다. 또한 중국 역시 신라와 동 시대 시점인 5호 16국, 수나라, 당나라까지 金은 금에 가까운 발음이었다. 이는 곧 중국의 영향을 받아 신라 역시 금이라는 발음을 사용하였으며 이를 바탕으로 당시에는 김 씨가 아닌 금 씨로 불렸음을 의미한다.

그 영향은 비단 성 씨의 발음이 바뀐 것만으로 끝난 것이 아니었다. 어제 방문했던 김해를 한 번 살펴보자.

본래 가락(駕洛) 또는 가야(伽倻)라 불리던 이 지역은 532년, 법흥왕에게 항복하면서 가야군(伽倻郡)이 되었고, 문무왕 시절인 680년, 금관소경(金官小京)이 되었다가 757년 김해경(金海京)이 된 후 고려 시대인 995년, 금주(金州)가 되었으며, 1308년에는 금주목(金州牧)이라 부르다가 1310년 김해부(金海府)가 되었다. 특히 14세기를 기점으로 금주목이 김해부가 된 상황을 볼 때 금→ 김으로 발음이 바뀐 것을 확인할 수 있다. 아! 757년에 불린 김해경도 물론 14세기 이전에는 금해경이 아니었을까? 14세기 이후 김해라는 발음이 확정된 후 조선 시대까지 이어지면서 소급되어 같은 한자를 쓴 신라 시대 지역명 역시 김해로 발음하게 된 것이니까. 마찬가지로 신라 시대 경주를 부르던 또 다른 명칭 금성(金城) 역시, 금이라는 발음이다.

결국 14세기를 기점으로 그전까지 금으로 발음하던 지역명 등은 지금도 여전히 금이라는 발음이 남아서 전해지고 있음을 알 수 있다. 여기서 의문점이 하나 더 나온다. 그나마 지역명은 14세기를 기점으로 과거에 활용하던 명칭 중 일부가 여전히 금으로 전해지고 있으나 유독 이름만은 김으로 바뀌어 발음하게 된 것일까?

이는 한때 고려가 원나라의 부마국이 되면서 대륙 쪽 문화에 직접적으로 영향을 받게 된 것과 연결된다. 몽고의 칭기즈칸 후손들은 자신들을 '황금씨족'이라고 자처할 정도로 금(金)에 대한 애착이 남달랐다. 그 결과 몽고인 이름에는 '金'을 붙이는 경우가 많았다는군. 이때 당시 몽고인들의 金 발음이 khin이었으니, 여기서 우리의 kim 즉 김이라는 발음이 등장한다. 이를 14세기, 원나라에서 몽고인과 함께 오랜 기간 함께 지낸 고려 왕자 및 상류층을 중심으로 영향 받으면서 성 씨에 있어 김 씨 발음이 완전히 자리 잡는다. 이후 소급 적용되어 한반도의 금 씨라 불리던 선조들 모두 김 씨로 부르게 된 것이다.

발음 이름과 뜻 이름

자, 이처럼 신라의 금에 대한 사랑과 관심은 신라 왕의 성 씨까지 금으로 만들기에 이르렀다. 그리고 이렇게 만들어진 김 씨라는 성은 한동안 고귀한 금의 활용만큼이나 왕과 직계 왕실 사람 일부만 사용했던 모양이다. 즉 5세기 금관을 사용할 수 있었던 집단처럼 한정된 집단들만 사용한 성 씨로 보인다는 의미. 이를 확인하기 위해 진흥왕 시절 유명한 신하이자 대중적으로도 잘 알려진 이사부, 거칠부를 한 번 기억해 보자.

이사부는 20대에 이미 울릉도를 정복한 데다 중년과 말년에는 한강 유역 진출 및 최종적으로 금관가야와 대가야까지 정복했던 어마어마한 신라의 영웅이었다. 거칠부 역시 이사부와 함께 다양한 전쟁에 참가한 데다가 진흥왕 시절, 신라 최초의 역사서인 국사(國史)를 집필한 인물이기도 했다. 쌓은 공에 있어 최고 중 최고였던 이런 이들마저도 전해오는 이름이 이사부, 거칠부이니, 신라 왕을 제외한 귀족들은 여전히 신라 전통 방식의 이름으로 불렸음을 의미한다. 결국 귀족에게까지 성 씨가 자연스럽게 쓰이는 것은 조금 더 시일이 필요했던 모양이다.

다만 이사부는 태종(苔宗), 거칠부는 황종(荒宗)이라는 또 다른 이름도 존재하니, 기회가 된 김에 이부분까지 마저 설명해 볼까.

이사부의 또 다른 이름인 태종 중 태(苔)는 이끼 태이며, 종(宗)은 당시 남자 이름에 붙인 한자였다. 그런데 신라 시대에는 이끼를 잇으로 발음하였으니, 사실 이사부의 이사(異斯)는 이끼의 발음을 뜻과 관계없이 비슷한 한자음을 빌려와 만든 이름임을 알 수 있다. 신라 시대에는 잇부라 불렸을 것이다. 즉 태(苔)는 이끼라는 뜻이고 이사(異斯)는 그발음이었던 것이다. 이처럼 이사부와 태종이라는이름은 동일한 인물을 의미하나, 하나는 발음으로다른 하나는 뜻으로 구성된 이름이었다.

마찬가지로 거칠부의 황종 중 황(荒)은 거칠 황이니, 남자 이름을 알리는 종(宗)과 붙여져서 거친 남자가 된다. 그렇다면 거칠부(居七夫)의 거칠 역시, 당시 신라인 발음을 바탕으로 비슷한 한자음을 빌려와 만든 이름임을 알 수 있다. 결국 이사부 때와 마찬가지로 거칠부와 황종은 동일한 인물을 의미하며, 하나는 발음으로 거칠부, 하나는 뜻으로 황종인 것이다.

이처럼 기록상 발음 이름과 뜻 이름이 함께 나오는 신라 인물들은 6세기 후반까지 꽤 많이 등장하다 7세기를 기점으로 점차 사라지는데, 그 이유가 무엇일까? 동일한 인물에 대한 두 가지 이름의 의미는 다음과 같다. 신라 내 한자 문화에 대한 이해가 크게 발달하면서 이름 역시 당시 부르던 발음에 맞추어 단순히 한자음을 빌려와 붙이는 것을 넘어 점차 뜻을 지닌 한자로 바뀌고 있음을 보여준다. 바로 그 과정에서 두 가지 이름을 함께 가진 이사부, 거칠부 등이 5세기 말~6세기에 등장했던 것이다. 이들 이름은 부르는 음대로 기술한 한자 이름에서 뜻을 지닌 한자 이름으로 바뀌는 과정을 보여주는 중간 고리라 하겠다. 그리고 이렇게 뜻을 바탕으로 한 이름 앞에 성이 붙는 순간, 현재 우리에게 익숙한 이름 형식이 만들어지게 된다.

예를 들어볼까? 내 이름인 황윤의 경우 황(黃)은 성, 윤(亂)은 맏아들 윤이다. 첫째 아들이었던 아버지의 첫째 아들로 태어난 나는 사촌 전체 합쳐서 만이였기에 부모님이 맏아들이라는 뜻을 지닌 이름으로 지었기 때문. 이런 식으로 성 씨에 뜻을 지닌 한자를 합치는 방식의 이름은 중간 단계인 6세기를 거친 후 7세기부터 신라의 왕과 진골급 최상위 귀족들에게 일반적인 이름 짓는 방식으로 정착된다. 그리고 해당 작명법은 지금까지도 이어지고 있다. 바로 당신의 이름도 이런 방식으로 지어졌을 가능성이 95%일 테니까.

자, 여기까지 왔다면 가야의 시조 수로왕이라는 이름도 이해가 되겠지? 성을 김이라 쓴 것에서 이미 진흥왕의 이름인 김진흥이 언급된 6세기 중반보다 뒤에 지어졌음을 알 수 있다. 거기다 수로, 즉 한자로 '首露' 역시 수는 '머리, 우두머리, 임금'이라는 뜻이 있고 로는 '드러내다, 나타나다'는 뜻이 있으니 '머리를 드러내다' 또는 '임금이 나타나다'라는 뜻 이름이다. 결국 수로왕의 이름 디자인 형식을 미루어볼 때도 수로왕을 언급한 《개황력》은 최소 6세기 후반 이후에 정리된 책임을 증명한다.

문무왕릉비와 소호금천 씨

  자, 그렇다면 갈수록 '성 씨 + 뜻 이름'이 중요하게 된 시기, 사회적으로는 어떤 분위기가 만들어지고 있었을까, 확인해 보자.

  6세기 중반, 신라 왕이 김 씨임을 대외적으로 선포하면서 신라 내 두 번째 권력 집단이었던 당시 왕비족 역시 자신들의 선조를 박 씨로 소급 적용하였다. 그와 함께 박 씨의 시조에게 '성 씨 + 뜻 이름'이 추가되었으니, 박혁거세가 바로 그것이다.

  박혁거세는 박 + 혁거세(赫巨世)의 구조를 지니고 있는데, 혁거세는 붉을 혁, 클 거, 세상 세이니 그 뜻을 합쳐서 '붉은 큰 세상'이 된다. 한데 《삼국사기》에는 그의 또 다른 이름을 기록하고 있다. 그 역시 두 가지 이름을 함께 가지고 있었던 것이다. 그 것은 '불구내(弗矩內)'로 앞서 이사부, 거칠부 예를 볼 때 눈치상 발음 이름일 가능성이 커 보이지? 맞다. '붉은 누리'라는 발음이 당시에는 불구내에 가까웠다. 누리는 세상이라는 뜻을 지닌 단어이니, '붉은 세상 = 혁거세'가 된다.

이처럼 기존의 시조에 성 씨가 소급 적용되고 + 뜻 이름까지 만들어지니, 이는 사회적으로 각 가문 마다 시조를 새롭게 숭배하는 분위기가 한껏 만들어질 수밖에 없었다. 마침 545년에는 진흥왕이 이사부의 건의를 받아들여 거칠부에게 신라의 역사서인 《국사(國史)》를 편찬하도록 명한다. 이에 거칠부는 여러 문사들을 모아 역사서를 집필하니 완성 시기는 기록되어 있지 않으나 아무래도 여러 해가 걸린 사업이었을 것이다. 그런데 당시 역사란 사실상 왕가 족보라 할 수 있으니, 이를 기반으로 여러 귀족들도 자신의 족보를 충분히 그려낼 수 있었다. 내가 어떤 왕의 몇 대 후손인지 등을 다른 이들에게도 정확히 보여줄 수 있는 근본 틀이 되었을 테니까.

그렇게 각 가문이 시조를 부각함과 동시에 중요한 일부 선조에게도 성 씨 + 뜻 이름이 추가되면서 김 씨, 박 씨 등 성 씨, 즉 혈연 중심으로 가계를 해석하는 관점 역시 점차 강해졌다. 이에 신라 6세기 인물부터 하나같이 내가 누구의 몇 대 후손임을 크게 강조한다. 예를 들면 이사부는 내물왕의 4세손, 거칠부는 내물왕 5세손, 당시 화랑으로 대가야 정복에 선공으로 나서 큰 공을 세웠던 사다함은 내물왕 7세손, 진평왕 시대 병권을 잡은 지증왕의 증손이라는 김후직 등등. 즉 신라 왕의 후손이자 혈족으로 자신을 바라보면서 다른 이들과 엄연히 다른 계층임을 강조했던 것이다. 이들이 6세기부터 크게 부각되기 시작한 신라 왕족들, 바로 진골이다.

그렇다면 과연 이런 분위기는 6세기 신라 왕족 김 씨, 왕비족이었던 박 씨만 그러했을까?

당연히 신라에 편입된 진골 가야인들도 마찬가지였을 것이다. 사회 분위기상 6세기 중반을 넘으며 가야계 신라인들 역시 자신의 시조에게 김 씨 성을 추존하고 + 뜻 이름까지 만들었을 가능성이 크다 하겠다. 무엇보다 김무력의 아들 김서현은 진흥왕의 아우인 숙흘종(肅訖宗)의 딸과 결혼을 하니 595년에 태어난 김유신은 가야뿐만 아니라 신라 최상위 왕족 피도 함께하는 존재였다. 이는 곧 가문의 격을 맞추지 않으면 불가능한 결혼이었기에 《개황력》을 통해 가문을 격을 올린 후의 시점이라 볼 수 있겠지.

이 모든 시점이 다름 아닌 《개황력》의 개황(開

皇), 즉 수나라가 581~600년 동안 사용한 연호의 시기이자 신라 진평왕 시점(579~632년)과 맞아떨어지는 것도 흥미로운 점. 결국 사라진 비밀의 책《개황력》에서 "수로왕의 성은 김 씨라 하는데, 즉 나라의 조상이 금색 알로부터 나온 까닭으로 금으로 성을 삼았다."라는 기록 역시 6세기 후반, 음. 더 정확히는《개황력》시기쯤에 추가된 내용일 가능성이 커 보인다. 이렇듯 6세기를 기점으로 기존의 금관가야 전설에 금궤 이야기가 추가되며, 가야계 역시 김 씨 성을 가진 시조와 더불어 본인들도 김 씨 성을 갖추게 된 것이다.

이와 관련하여《삼국유사》가락국기에는 시조 수로왕부터 마지막 금관가야 왕인 구형왕까지 기록이 그대로 남아 있다. 수로왕—거등왕—마품왕—거질미왕—이시품왕—좌지왕—취희왕—질지왕—겸지왕—구형왕까지 10명의 금관가야 왕들이 바로 그 내용이다. 그리고 구형왕 뒤로 김무력—김서현—김유신이 되니 김유신은 수로왕의 12대손이다. 결국 이 기록이《개황력》의 핵심 내용이었던 것이다. 6세기 중반, 경주 진골들이 거칠부가 쓴《국사》라는 책을 통해 계보를 정리했듯이, 6세기 후반 금관가야인들도 신라에 비록 흡수되었으나《개황력》을 통해 자신의 계보를 정리하여 당대 혈족 중심의 흐름 변화

국립경주박물관에 전시된 문무왕릉비의 몸통 비석. ⓒ Park Jongmoo

를 함께했음을 의미한다.

이제 박물관 내 황금 전시는 마무리하고 7세기 삼국 통일 시점의 전시로 가본다. 여기서 나는 680년대에 만들어진 문무왕릉비를 보고 있다. 경주 사천왕사지에 가면 머리가 잘린 거북이 석상이 주변에 두 개 있는데, 본래 이곳에 꽂아둔 비석이나 오랜 시간 동안 무슨 험한 꼴을 당했는지 깨져서 일부만 남고 말았다. 그 결과 하단부와 몸통 일부만 현재 남아서 국립경주박물관이 소장하고 있다. 오랜 세월에 마모가 심하게 되어 아쉽게도 아무리 눈을 크게 떠도 글씨가 단박에 확인이 불가능하군. 대충 글씨가 있는 흔적만 느껴진다. 물론 국내 학자들이 탁본한 것을 바탕으로 해석은 이미 잘 되어 있다.

그 신령스러운 근원은 멀리서부터 내려와 화관지후(火官之后)에 창성한 터전을 이었고 높이 세워져 바야흐로 융성하니. (생략)

한편 문무왕릉비의 몸통 비석에는 문장의 시작 부분에 이런 글이 새겨져 있어 유명세를 얻고 있으니 이는 무슨 의미일까?

중국의 고대 신화에 따르면 세 명의 황(皇)과 다섯 명의 제(帝)가 존재했다고 한다. 이들 중 삼황은 복희(伏羲)·신농(神農)·황제(黃帝)를 뜻하며 오제는 소호(少昊), 전욱(顓頊), 제곡(帝嚳), 요(堯), 순(舜)을 의미한다. 이 중 문무왕릉비에 등장하는 화관지후(火官之后)는 중국 삼황 중 신농의 또 다른 표현이다. 즉 문무왕은 자신의 조상을 언급하는 과정에서 중국의 신화적인 인물을 가져온 것이다.

그런데 말이지.《삼국사기》김유신 열전에는 다음과 같은 이야기가 기록되어 있다. 김부식이《삼국사기》를 집필할 당시만 해도 김유신 무덤 앞에는 그의 공을 기리는 커다란 비석이 있었기에 이를 인용하여 "유신비(庾信碑)에도"라고 시작하는데, 뒤의 내용은 다음과 같다.

유신비에도 그 역시 '헌원의 후예요 소호의 자손'이라 했으니 남가야의 시조 수로와 신라의 왕실은 성씨가 같은 셈이다.

김유신 비석에서 언급된 헌원은 삼황 중 황제의 또 다른 표현이다. 그리고 소호는 황제의 맏아들이자 오제 중 첫 인물을 의미한다. 말하자면 김유신은 저 멀리까지 가면 삼황오제의 후손이라는 의미이니 이는 신라 왕인 문무왕과 마찬가지였던 것이다.

여기까지 따라왔으면 역시나 짐작대로다. 마치 6세기 초 김 씨와 박 씨가 결합하면서 그 옛날 혁거세와 그의 부인 알영 때부터 "본래 한집안이었다"를 강조한 것처럼 7세기 중반 들어와 중국의 고대 신화의 후손으로서 신라 왕계와 금관가야 왕계를 하나로 연결시킨 것이다. 그리고 《삼국사기》에 따르면 이들은 소호, 즉 소호금천 씨(小昊金天氏)의 후예이기 때문에 조상에서 성을 따와 김 씨로 정했다고 한다. 더 정확히는 당시 발음으로는 소호금천 씨의 후예이기에 조상에서 성을 따와 금 씨로 정했다고 해야겠지. 이로써 김 씨 성 출자에 대해 기존의 금궤나 금알을 대신할 소호금천 씨의 전설이 등장했음을 알 수 있다.

이 시대 역사는 삼국 통일 시기로 불리며 한국인이면 누구나 잘 알고 있을 테니 간단히 정리해 보자. 알다시피 왕실 방계 진골이었던 김춘추와 금관가야계 진골이었던 김유신은 보통 사이가 아니었다. 김유신의 여동생이 김춘추와 결혼을 하였고 그렇게 둘 사이에 낳은 아들은 신라 왕이 되는 문무왕이다. 또한 김춘추는 본인이 신라 왕이 된 후 자신의 딸을 김유신과 결혼시켰으니, 이는 곧 김유신은 조카와 결혼하면서 신라 왕실과 결속이 더욱 강해졌음을 의미했다. 바로 가야계라는 새로운 왕비족의 등장이었다.

이에 이들은 김이라는 동일한 성을 통해 저 멀리 같은 조상을 지닌 후예로서 자신들을 이미지화시켰으며, 더불어 당나라와 교류를 하여 발전을 꾀하던 시점인지라 완벽한 중국식으로 이름을 지었다. 앞서 보듯 김춘추, 김유신 이전까지는 신라 왕을 포함하는 소수의 신라 왕실 사람들을 제외하면 신라에서는 진골 귀족들마저도 한동안 성을 잘 쓰지 않았던 것으로 보인다. 그러나 김춘추와 김유신 이후부터는 그 틀을 깨고 김이라는 성을 적극적으로 사용했다. 뿐만 아니라 이전 신라인들의 이름과 달리 김춘추, 김유신, 그리고 김춘추의 아들인 김법민, 김인문, 김유신의 아들인 김삼광, 김원술 등은 지금 사용해도 위화감이 크게 느껴지지 않을 이름들이다. 이로써 현재까지 이어지는 작명법이 완전히 한반도에 정착된 것이다.

또한 신라 왕실과 금관가야 왕실이 7세기 들어와 하나가 되었다는 것은 금관가야가 6세기 단순한 멸망으로 끝난 것이 아닌 신라에서 새로운 생명을 부여받은 것을 의미했다. 결국 동일한 소호금천 씨의 후예라는 전설을 통해 가야와 신라는 완벽한 한 가족이 된 것이다. 이후 통일신라 시대 진골 김 씨들은 자신들을 소호금천 씨의 후손임을 자부하며 살았다. 이와 관련한 유물은 비단 문무왕릉비 등 여러 국내 증거물뿐만 아니라 중국까지 당나라 묘지석으로 출토되고 있으니, 신라의 진골 출신 김 씨들이 중국에서 살다 죽으면서 자신이 소호금천 씨의 후손임을 기록으로 남겼기 때문이다. 이처럼 당시 기준으로 볼 때 7세기 중반을 기점으로 신라인들이 중국 등 타국에서도 인정할 만한 시조와 전설을 갖추게 되었음을 보여준다.

이렇듯 김 씨라는 성의 근거로 소호금천 씨를 크게 부각시킨 만큼 그와 비례하여 금궤 이야기에 대한 언급은 이전보다는 많이 약화되지 않았을까? 실제로도 7세기 중반 이후의 신라인 비석이나 기록 등에서 김 씨 성을 강조하더라도 소호금천 씨를 언급하지 금궤 등을 언급하는 경우는 많이 약해진 것을 보니 결국 새로운 전설이 기존 전설을 대체했음을 알 수 있다. 이를 볼 때 사라진 비밀의 책 《개황력》은 6세기 후반에 집필되어 금관가야 시조를 바탕으로 혈족을 결집시키는 용도로 사용되었으나 7세기 중반 신라 왕실과 결합하자 소호금천 씨 전설이 이를 대신하면서 점차 그 힘을 잃어간 것이다.

이렇게 한 타이밍이 끝나니 또다시 힘이 빠지네. 에너지를 꽤나 집중했나 보다.

8

삼한일통

삼국 통일 시대 가야인

다리가 슬슬 또 아파오는군. 그래도 볼 것을 다 보고 떠나야 후회하지 않지. 국립경주박물관의 상설 전시를 보다가 잠시 박물관 내 의자에 앉아서 휴식을 취한다. 좀 쉬었더니 에너지가 다시 충전된 듯하다. 그럼 다리를 그만 주무르고 슬슬 일어나 볼까?

다음으로 볼 것은 국립경주박물관 내 경북대학교 의대 교수였던 국은 이양선(1916~1999)이 생전 수집하고 기증한 유물을 모아 전시하는 장소이다. 방 이름은 국은기념실이라 되어 있네.

이 전시실에서 가장 주목을 받는 주인공은 5세기에 만들어진 국보 275호인 '말탄무사모양뿔잔' 으로 한문 명으로는 기마인물형각배라 한다. 김해 대동면 덕산리에서 1980년대 초 도굴되어 고미술 시장을 돌다가 운 좋게 국은 이양선의 손에 들어왔고, 그는 이를 구입한 뒤 1986년, 660여 점의 다른 수집품과 함께 국립경주박물관에 기증한 것이다. 참으로 존경받을 만한 아름다운 일이라 하겠다.

다만 5세기 김해라면 분명 금관가야 무사일 텐데, 그치? 갑옷을 말과 무사 모두 입고 있으며 방패에다 창까지 들고 있는 형태, 5세기 가야 무장의 모습을 그대로 보여주는군. 특히 물고기 비늘처럼 작은 네모 형태의 장갑을 여러 개 묶어 만든 미늘 갑옷이 잘 묘사되었네. 결국 400년 광개토대왕의 5만 대군의 남방 원정 이후 가야 쪽 무장에 다시 한 번 혁신이 벌어져서 고구려와 거의 유사한 미늘 장갑을 한 병력이 구성된 것을 알 수 있다.

그리고 김유신을 대표해서 수많은 가야계 인물들 역시 이 토기의 주인공처럼 미늘 갑옷을 입고 신라에서 활동했으며, 이들은 한강 유역을 신라 것으로 만드는 것을 시작으로 삼한일통이라는 위대한 업적의 주역까지 올라서게 된다. 얼마나 많은 가야계가 활동했는지는 남아 있는 기록에서 김 씨 성의 이름 중 가야계와 신라계를 특별히 구별하지 않아 알 수 없지만. 그럼에도 불구하고 그 흔적이 《삼국

말탄무사모양뿔잔.
© Park Jongmoo

사기》에 일부 남아 있다. 한 번 살펴볼까.

668년, 고구려 멸망 직후 문무왕은 고구려 원정을 이룩한 병력과 함께 경주로 돌아오는 중 욕돌역에서 용장이라는 인물이 베푼 잔치에 참가한다. 당시 용장은 고구려 전투에서 공을 세운 후 지금의 충주 지역으로 부임된 상황이었는데, 잔치에서 아주 흥미로운 일이 벌어졌다. 왕을 포함한 여러 신하들이 잔치에 참가하여 흥겨워하는데 음악과 함께 한 소년이 무대로 올라와 가야 춤을 추는 것이 아닌가? 문무왕은 소년의 춤을 보고 감동하였는지 춤이 끝나자 앞으로 불러 등을 어루만지며 금잔으로 술을 권하고 선물까지 내렸다. 그렇다. 말 그대로 고구려와의 최종 전쟁에서 승리한 후 왕이 행차한 잔치에서 신라 춤이 아닌 가야 춤이 등장한 것이다.

이는 김유신이 가야계의 대표적인 인물로서 역사에 남아 있는 것일 뿐, 용장처럼 행동으로 가야계임을 보여준 인물을 포함, 수많은 가야계가 당시 전쟁에서 크게 활동했음을 알 수 있다. 또한 이 사례를 보면 알 수 있듯이 문무왕은 가야의 피가 자신과 함께하고 있는 것을 자랑스럽게 인식하고 있었으며 신라가 백제, 고구려 더 나아가 당나라와 대립하여 승리할 때까지 그가 가장 믿을 만한 신하들 역시 가야계 신라인이었다. 이렇듯 가야와 신라는 단순한 핏줄의 결합을 넘어서 한반도 역사에 영원히 남을 거대한 업적까지 함께 만들어낸 것이다.

이렇게 가야계가 이룩한 큰 공은 당대뿐만 아니라 신라 역사 대대로 칭송되었고 그들을 대표하던 김유신은 《삼국사기》에 의하면 9세기인 흥덕왕 시대에 이르러 흥무대왕으로 추존된다. 신하의 신분으로 죽었으나 죽어서는 왕이 된 것이니, 신라에서 얼마나 특별한 대우를 받았는지 알 만하다.

흠, 이렇게 된 김에 근처 문무왕 유적지인 능지탑지와 사천왕사지까지 가 볼까? 거기까지 가면 신라에 남겨진 가야의 흔적을 더 이해할 수 있을지도.

헌 집 줄게 새 집 다오

하늘이 내게 명하여 이곳에 나라를 세우고 임금
이 되라 하시므로 여기에 왔으니, 너희는 이 봉우리
의 흙을 파서 모으면서 노래를 불러라. "거북아, 거
북아. 머리를 내놓아라. 내놓지 않으면 구워서 먹
으리라.(龜何龜何 首其現也 若不現也 燔灼而喫
也)" 하면서 춤을 추면 이것이 대왕을 맞이하면서
기뻐 날뛰는 것이리라.

구간 등이 그 말대로 즐거이 노래하며 춤추다가
얼마 후 우러러보니 하늘에서 자주색 줄이 늘어져
땅에까지 닿았다. 줄 끝을 찾아보니 붉은 보자기에
금합을 싼 것이 있었다. 합을 열어보니 알 여섯 개
가 있는데 태양처럼 황금빛으로 빛났다. 여러 사람

들이 모두 놀라 기뻐하며 백 번 절하고 다시 싸서 아도간의 집으로 돌아갔다. 책상 위에 모셔두고 흩어졌다가 12일쯤 지나 그 다음날 아침에 사람들이 다시 모여 합을 열어보니 알 여섯 개가 모두 남자로 변하였는데, 성스러운 용모를 가졌다. 이어 의자에 앉히고 공손히 하례하였다.

《삼국유사》기이 편 가락국기

드디어 국립경주박물관 밖으로 나와서 낭산을 향해 걸어간다. 그리 멀지 않아서 국립경주박물관에서 걸어서 25분 정도 걸리는데, 낭산 주변으로 선덕여왕릉, 사천왕사지, 능지탑지, 신문왕릉 등 여러 유적지가 쭉 배치되어 있어 나름 경주 낭산 코스라 할 수 있다. 이 모든 유적지를 다 돌려면 시간이 꽤 걸리지만 서로 연결해서 스토리텔링을 만들면 재미있기도 하다. 다만 오늘은 가볍게 능지탑지와 사천왕사지만 돌아봐야겠다. 왜냐면 벌써 오후 2시 20분이고 경주에서 안양 가는 버스는 오후 7시에 있다. 그래도 오늘은 집에 돌아가야지.

룰루랄라. 가까우니 버스까지 타기는 좀 그렇고 경주 풍경을 감상하며 걸어가자. 참. 걸어가면서 시간이 있으니 수로왕 전설 중 아직 채우지 못한 부분을 마저 정리해 볼까? 국립경주박물관 안 편의점에서 산 토마토 주스를 마시면서 다른 한 손에는 주스와 함께 산 빵을 쥐고 있는 나. 이 모든 것은 점심 대신이다. 나의 주특기인 걸어가면서 먹기 시작.

한편 어제부터 지금까지 수로왕 이야기를 정리하면서 1. 시조 전설은 당시 시대의 용비어천가이며 2. 시대 흐름이나 요구가 있으면 때때로 변형까지 여러 차례 이루어졌음을 알 수 있었다. 3. 그리고 그 수로왕의 전설이 담겨 있는 원서인 《개황력》은 6세기 후반 정리되었으나 7세기 중반 이후 소호금천 씨 전설로 대처되었음을 밝혀 보았다.

하지만 이것으로 끝날 문제는 아니다. 《삼국유사》 가락국기에 나오는 허황후의 아유타국 전설이 신라 말기에 도입된 개념인 것처럼 매번 나는 구지가가 의심스럽기 때문. 과연 구지가는 가야 신화가 처음 등장할 때부터 존재한 이야기였을까? 아님 1차로 《개황력》이 정리된 이후 후대에 덧붙여진 이야기였을까? 여기까지 확인하면 수로왕 전설은 거의 다 해석해 보는 것 같다. 즉 지금부터는 《개황력》 정리 이후에 추가된 이야기를 더 알아보자는 거지.

구지가는 어제도 보았지만 김해에 있는 가야 관련 박물관에서 여러 번 언급되는 내용이었다. 아예 박물관 전시 도입부부터 구지가를 패널에 적어 배치하였으니까. 그만큼 가야 신화에 있어 첫 시작으로 매우 의미 있어 보인다.

노래 가사를 다시 떠올려 보자.

龜何龜何(구하구하) 거북아 거북아
首其現也(수기현야) 머리를 내어라.
若不現也(약불현야) 내놓지 않으면
燔灼而喫也(번작이끽야) 구워서 먹으리.

이 노래를 부르자 알 여섯 개가 하늘에서 내려왔
으며 알에서 사내아이가 여섯 명 나오더니, 첫째는
수로왕이 되었고 나머지 다섯 사람도 각각 다섯 가
야의 왕이 되었다고 한다.

그런데 의심을 시작해 보니, 부여, 고구려, 신라
등 정말 많은 시조가 알에서 태어났지만 가야처럼
여러 명이 한꺼번에 태어난 경우는 본 적이 없다.
왜냐면 시조에 대한 권력의 정당성 및 왕조 개창의
정통성을 부여하기 위해 만들어진 것이 시조 전설
이기 때문. 이를 위해서는 가능한 한 명의 권력자에
게 힘을 부여하는 내용으로 구성될 수밖에 없었으
며 그것이 바로 전설 속 시조가 후손을 위해 해야 할
역할이기도 하다. 그럼에도 불구하고 무려 6명이 알
에서 태어나는 가야의 전설은 어찌 해석해야 할까?

다음으로 구지가라는 노래의 의문점이다. 역시

나 부여, 고구려, 신라 등 수많은 시조들이 화려한 전설을 지니고 있지만, 이 중 노래가 등장하는 이야기는 역시나 단 하나도 없다. 그런데 그 노래도 대단한 이야기를 담은 것이 아니라 마치 민중 노래 같단 말이지. 이처럼 위대한 전설이 담긴 신화가 아니라 대중적인 노래가 담긴 신화라.

"두껍아, 두껍아 헌 집 줄게 새집 다오."

어릴 적 부산 바닷가에서 사촌들과 모래로 집을 지으며 부르던 노래다. 난 놀이터에서도 그렇게 논 적이 있지만 요즘은 놀이터가 흙바닥이 아니더라. 물론 안전을 위해서라지만 오래된 놀이 문화가 끊기는 것이 한편으로는 안타깝다. 뭐, 어쨌든 산 계곡 또는 강가나 바닷가에서 두꺼비 또는 지역마다 다른 동물 이름을 대며 모래로 집 짓는 놀이. 그때 부른 노래의 음률과 구지가가 무척 유사하다는 점이다.

거기다 《삼국유사》에는 구지가와 거의 똑같은 노래가 하나 더 존재한다.

龜乎龜乎出水路(구호구호출수로)
거북아 거북아 수로를 내놓아라.
掠人婦女罪何極(약인부녀죄하극)
남의 부녀 앗아간 죄 얼마나 클까.

汝若悖逆不出獻(여약패역불출헌)

네 만일 거역하고 바치지 않으면

入網捕掠燔之喫(입망포략번지끽)

그물로 잡아서 구워 먹고 말리라.

8세기인 통일신라 시대 성덕왕 시기, 한 신라 고위층의 부인이었던 수로부인을 동해 바다의 용이 잡아가자 사람들을 모아 위 노래를 불렀다고 한다. 그러자 용이 부인을 다시 데리고 왔다는 전설이다. 노래도 거의 유사하지만 주인공 이름인 수로 역시 똑같다. 물론 한자는 수로왕은 首露이고 수로부인은 水路로 다르지만 발음은 똑같다는 것. 뿐만 아니라 수로부인은 실제 8세기에 존재했던 인물이기도 하다. 그의 딸이 왕비가 되어 신라 왕의 장모가 되니까. 거참, 이렇게 보니 가야 신화의 구지가가 의문스러운 점이 한둘이 아니네.

이렇게 한없이 의심하다 보니, 어느덧 능지탑지에 도착했군.

문무왕을 화장한 능지탑지

능지탑지. 근처 기찻길 건널목을 지나 언덕으로 좀 오르면 보인다. 2층으로 만들어진 꽤 큰 석조 건축물이다. 이곳에 대한 나에게 추억이 있다면. 음. 꽤 오래전 추운 겨울날 경주에 차를 렌트하여 놀러 온 적이 있는데 능지탑지를 구경하고 철길 바로 옆, 차를 주차한 좁은 공터로 왔더니. 이게 웬걸? 차 뒷바퀴 바로 옆에 천 원이 눈에 살포시 덮여 있는 것이 아닌가? 주변에 아무도 없고 가만 보니 문무왕이 기특하다며 내게 용돈을 준 것 같아 가지고 왔다. 그래서 지금도 나의 지갑에는 문무왕이 내게 준 천 원이 있다는 사실.

한 때 능지탑지는 지금의 모습과 달리 무너진 채

1층 일부와 기단 약간만이 돌무더기처럼 버려져 있었다고 한다. 이를 1970년대 여러 차례 조사한 끝에 《삼국사기》에 기록된 문무왕의 화장터 유적으로 비정하였으니, 토석 유구와 주변 지층이 까맣게 그슬려 있는 것이 확인되어 그랬다고 하는군. 그러나 현재는 과거에 한 조사부터 복원까지 잘못되었다고 하면서 이곳 유적지를 다시 조사할 필요성을 이야기하는 중인가보다. 즉 문무왕의 화장터가 아닐 수도 있다는 의미. 오히려 요즘 학자들의 주장에 의하면 불교 사원이 있었던 곳으로 보고 있더군. 개인적으로는 조사가 이루어져 앞으로 더 많은 이야기가 나오면 좋겠다.

여하튼 오랜만에 이곳에 왔더니 바람도 시원하고 기분이 좋다. 한편 《삼국사기》에 따르면 문무왕은 다음과 같은 유언을 남겼다고 한다.

옛날 만사를 아우르던 영웅도 끝내는 한 무더기 흙더미가 되고 말아. 꼴 베고 소 먹이는 아이들이 그 위에서 노래하고 여우와 토끼가 그 옆에 굴을 팔 것이니, 분묘를 치장하는 것은 한갓 재물만 허비하고 사책에 비방만 남길 것이요. 공연히 인력을 수고롭게 하면서도 죽은 혼령을 구제하지 못하는 것이다. 가만히 생각하면 마음이 쓰리고 아픈 것을 금치 못하겠으되 이와 같은 것들은 내가 즐겨하는 바가 아니다. 임종 후 열흘이 되면 바로 왕궁의 고문 밖 뜰에서 서역의 법식에 따라 불로 태워 장사지내고, 상복을 입는 경중이야 본래 정해진 규례가 있을 터이나 장례 절차는 힘써 검약하게 하라.

왕으로서 보기 드문 남다른 유언을 볼 때 역사상 처음으로 한반도 세력을 하나로 통합하고 당나라와의 전쟁까지 승리로 이끈 그는 인내하고 인내하는 과정 중 본인 역시 고승만큼의 대단한 깨달음을 얻었나 보다. 이에 죽어서도 생전 권력을 가져가려던 수많은 권력자들과 달리 왕의 유언에 따라 화장한 시신을 동해 어구의 큰 돌 위에 간단히 장사지냈으니 이것이 문무대왕릉이다.

이처럼 세상에 남긴 높은 공뿐만 아니라 마음가짐마저 남다른 인물이었던 문무왕이었기에 가야계 신라인에게 그는 커다란 자랑이었다. 그래서일까? 《삼국유사》 가락국기에는 다음과 같은 내용이 나온다.

661년 3월, 문무왕이 조서를 내려 자신의 피에 가야 왕실의 피가 흐르고 있으니 가야를 세운 수로왕을 종묘에 합하여 제사를 지내도록 했다. 이에

능지탑지 전경(위)과 뒷모습(아래). ⓒ Park Jongmoo

수로왕 17대손인 급간 갱세가 조정의 뜻을 받들어 재전을 관리하며 해마다 술과 음식으로 제사를 지냈다고 한다.

그러나 이 기록은 정확한 내용이 아니다. 우선 《삼국유사》 기록과 달리 실제로는 661년 6월에 문무왕이 왕위에 올랐다는 점과 《삼국사기》와 《삼국유사》의 왕계에 따르면 동시대 김유신이 수로왕의 12대손으로 기록되어 있어 최소한 급간 갱세는 김유신보다 5대 정도 아래 인물이라는 점, 거기다 661년 당시 백제 멸망 후 백제 지역에는 부흥군이 크게 일어나 한창 전쟁을 치르느라 문무왕 역시 즉위 시점부터 매우 바쁜 시기였기 때문이다. 뿐만 아니라 수로왕의 대표적 후손으로 엄연히 진골 신분인 김유신 일가가 존재했는데, 굳이 그보다 신분이 낮은 자가 그토록 중요한 제사를 책임질 필요가 있었을까?

그렇다면 《삼국유사》의 기록은 어찌 된 것일까? 결국 가야 지역, 그러니까 김해 지역에서 자신들의 조상인 수로왕을 추존하는 근거로 가야 피로 연결되면서도 신라사에서 가장 큰 업적을 지닌 문무왕을 든 것이 기록으로 남아 지금까지 전해진 것이다. 실제로 문무왕은 삼한일통을 이룩한 직후 신라 5소경 중 하나인 금관소경을 680년에 설치한다. 김해가 수도인 경주를 제외하고 전국 5개의 중요 도시 중 하나로 올라섰음을 의미했다. 특히 다른 소경들과 달리 김해는 경주 근처에 위치하고 있음에도 소경이 되었기에 이는 분명 문무왕의 가야계에 대한 지지를 의미하기도 했다. 그만큼 도시민으로 자부심을 갖추게 되었기에 자신들의 정체성을 높이는 데 중요한 근거가 될 수 있었다.

덕분에 김해 지역은 문무왕 및 김유신과의 인연으로 신라와 더욱 깊은 연결을 이어갔다. 시간이 지나고 지나 통일신라 말기가 오니, 전국의 호족이 들고 일어나 자신만의 권력을 장악하면서 일부는 신라와 척을 지며 독자적으로 활동하는 시대가 열린다. 후삼국 시대가 바로 그것이다. 바로 그 시기, 분열의 기운과 함께 여러 지역의 호족들은 마치 경주의 신라 귀족처럼 각자 자신들만의 성 씨를 정하고 그들의 선조까지 새롭게 정비하는 상황이었는데. 그럼에도 불구하고 김해는 거의 마지막까지 신라를 지원한 지방 세력 중 하나로 남는다. 문무왕과의 의리를 끝까지 지킨 것이다.

그리고 바로 그 과정 중에서 말이지. 아참. 시간 문제도 있고 하니 이제 이곳은 그만 보고 이동해 볼까?

사천왕사로 가는 길

능지탑지는 이 정도 보고 다음 코스인 사천왕사로 가보자. 역시나 걸어서 가는데, 15분 정도 슬슬 가면 된다. 가만 생각하니 오늘 은근 많이 걷네. 경주시외 버스터미널 근처에서 시작하여 거의 6킬로미터 이상을 오직 두 다리만으로 움직이는 중. 운동도 되고 어쨌든 또 걷게 되었으니 이김에 이야기를 마저 정리해보자. 바로 통일신라 후반 김해의 분위기가 그것이다.

앞서 보았듯이 문무왕을 근거로 하여 김해에서는 수로왕 제사를 지내기 시작했다. 다만 문무왕과 동 시대 인물인 김유신이 수로왕의 12대손이고 제사를 책임진 갱세는 17대손이니 5대손 곱하기 30년 정도 하면 실제로는 문무왕보다 150년 정도 뒤인 9

세기 일이 아닐까 싶다. 이 시기가 되면 어느덧 김춘추의 직계가 신라 왕이 되던 시대가 무너지고 새로운 신라 왕계가 등장한다. 내물왕의 12대 후손인 김경신이라는 인물이 새로운 신라 왕실을 열었던 것이다. 그가 바로 원성왕이다.

이렇게 새롭게 왕계를 연 원성왕은 삼국 통일 직후 정립된 종묘 제도에 따라 5명의 왕을 모시던 사당에 시조대왕, 태종대왕, 문무대왕, 그리고 자신의 할아버지와 아버지를 추존하여 각기 흥평대왕과 명덕대왕으로 모셨다. 여기서 시조대왕은《삼국사기》잡지 제사 부분에 따르면 미추왕이라 분명히 기록되어 있으며 태종대왕은 태종무열왕, 즉 김춘추이고, 문무대왕은 문무왕이다. 그러나 그 뒤로 15년 정도 세월이 흐르자 원성왕의 후손들은 시조대왕, 즉 미추왕 이외 4명은 자신들의 선조들로 5묘를 채우더니 기존의 태종무열왕과 문무왕은 따로 빼서 다른 곳으로 아예 사당을 옮겨버렸다. 이는 곧 원성왕 후손들이 더 이상 김춘추 후손의 눈치를 볼 필요가 없을 정도로 신라 권력을 장악했음을 의미한다.

비슷한 시점 김유신 일가 역시 소호금천 씨라는 자신들과 동일한 신화를 통해 정체성을 유지하던 김춘추 일가가 몰락하면서 이전에 비해 가문의 힘이 약화되기에 이르렀고 김해 지역과의 연결고리 역시 어느덧 세대가 많이 지나면서 이전과 같은 상황이 아니게 된다. 바로 그 시기부터 김해에서는 문무왕의 이름을 빌려 남아 있던 금관가야 후손들이 수로왕의 제사를 치르면서 자신들의 정체성을 공고하게 갖추게 된 것이다. 그들은 김유신 일가와는 달리 신분이 낮거나 다른 여러 이유로 6세기에 경주로 가문을 옮기지 않고 김해에 그대로 남았던 금관가야 후손들이었다. 그들은 무역 등을 통해 여전히 부를 창출하고 있었기에 남부럽지 않은 힘도 갖추고 있었다.

이 과정에서 김해에 남아 있던 금관가야 후손들은 경주의 왕족처럼 자신들 조상의 묘를 정립하였을 테니, 현재의 수로왕릉은 바로 이때부터 비로소 수로왕의 무덤으로 인식되기 시작된 것으로 여겨진다. 그렇다면 과연 김유신은 생전에 현재의 수로왕릉의 존재를 알지 못했을까?

사실 지금까지 여행을 통해 알 수 있듯이 가야의 수로왕과 신라의 김알지는 한 발은 역사에 한 발은 전설에 올려놓은 인물이다. 고대 국가가 구성되던 3~4세기 시점, 그보다 100~200년 전의 한 선조를 나라 시조로 구성하면서 전해오던 역사적 근거를 바탕으로 마치 신비한 탄생 설화를 지닌 인물처럼 포장했다는 의미다. 그런데 만일 그러한 시조의 무덤이 정말 남아 있다면 전설에서 벗어나 완전한 역사 인물이 된다는 것인데, 글쎄다.

　그래서인지 몰라도 신라 역시 삼국 통일 얼마 후 5묘제를 세우며 시조대왕으로 김알지가 아닌 완전한 역사 인물인 미추왕을 모셨다. 미추왕은 앞서 보았지만 김 씨 최초로 왕이 된 인물이자 《삼국사기》에서도 그의 무덤에 대해 기록하길 큰 무덤을 뜻하는 대릉(大陵)이라 하여 이전 왕들의 무덤과 완전히 구별시키고 있다. 반면 김알지는 무덤은 없으며 탄생 설화만 존재할 뿐이다. 또한 7세기 중반부터 신라 김 씨가 소호금천 씨를 주장하면서 김알지를 부르는 명칭 역시 다시 한 번 교체가 되어 성한왕이라 부르게 되니, 수로왕처럼 무덤은 없으나 전설 속 시조로서 왕에 추존되었음을 알 수 있다. 결국 신라인들은 역사적 인물로서는 미추왕부터 시조로 인식하고 그의 무덤 역시 크게 조성하여 제사를 치르는 장소로 운영했음을 의미했다.

　아무래도 금관가야 역시 이와 마찬가지가 아니었을까? 즉 김유신 시점만 해도 지금과 달리 수로왕은 탄생 설화만 있고 무덤의 존재는 정확히 알 수 없었을 것이다. 실제로도 《삼국유사》를 보면 금관가야의 마지막 왕이 신라에 항복한 후 선조에 대한 제사를 거르기도 했다니, 진골이 된 가야계 가문이 경주로 옮기면서 과거 무덤에 대한 관심 역시 크게 약해졌음을 알려준다. 그러다 6세기 말에서 7세기 중반까지 가문의 일대기가 《개황력》으로 정리되면서 본래 가문에서 시조로 모시고 있던 가야 시조에 김씨 성과 더불어 중국식 뜻 이름이 더해졌을 테고 김유신은 생전에 딱 이 정도까지만 인식하고 있었을 가능성이 크다. 한마디로 멀고 먼 조상 그러니까 12대 조상에게 김수로라는 이름이 부여된 것까지가 김유신이 알고 있는 부분이었다.

어쨌든 그렇게 9세기 들어와 드디어 5세기 말에서 6세기 초반에 축조된 고분 중 하나가 수로왕릉으로 지정됨과 더불어 그에 대한 제사가 정비되면서 김해 지역은 자신들의 정체성을 새롭게 구축할 수 있었다. 당연히 이 과정 중 과거에 정리된 《개황력》역시 다시금 부각되어 새로운 관점을 지닌 채 읽혔을 것이다. 그런데 시일이 조금 더 지나니 어렵게 자리 잡은 수로왕의 권위를 노리는 이들이 생겨났다. 《삼국유사》가락국기에는 이런 이야기가 나온다.

신라 말기에 잡간 충지라는 자가 금관고성을 공략하여 성주장군이 되었다. 그때 영규라는 자가 성주장군의 위세를 빌려 수로왕의 제사를 빼앗아 함부로 제사를 지내더니 단옷날 맞아 제사를 지내는 도중 대들보가 무너져 깔려 죽고 말았다. 이에 성

주장군인 충지가 직접 수로왕의 영정을 만들고 향과 등을 바쳤는데 , 3일 만에 수로왕의 눈에서 피눈물이 나자 겁이 나서 충지는 그 영정을 불태워버렸다. 할 수 없이 수로왕 자손을 불러 계속 제사를 지내도록 했는데, 이전에 대들보에 깔려 죽었던 영규의 아들인 준필이 또다시 수로왕의 제사를 빼앗아 지냈다. 그러자 준필은 술잔을 올리는 절차를 마치기도 전에 갑자기 병에 걸려 죽고 말았다.

《삼국유사》 기이 편 가락국기

충지라는 인물은 10세기, 김해의 실권자인 소충자(蘇忠子)를 의미하며, 그는 가야계 지방 호족이었던 김인광에 이어 김해 지역을 장악한 인물이었다. 그런데 그는 《삼국유사》에 남은 이야기처럼 자신의 부하를 이용하여 수로왕의 제사를 자신의 것으로 가져오려다 수차례 실패하고 말았다. 이것은 권위 높은 김씨 성을 사용하기 위해 제사 권리를 비롯한 기존 족보를 자신의 것으로 가져오려다가 이 지역 금관가야 후손들과 크게 대립하던 모습을 그려낸 일화로 보인다.

이처럼 신라 말기가 되면서 지방 호족세력 중에서도 성 씨를 사용하여 권위를 높이려는 자가 나타나기 시작하였다. 이를 위해 호족들은 김해의 예처럼 이미 선조를 정리한 책, 즉 《개황력》이 있어 그나마 빠르게 선조를 정리하여 제사를 지내던 곳을 노리기도 하였으며 그것이 안 되면 아예 자신들만의 이야기를 갖추어서 성 씨와 선조를 선보이기도 한 것이다. 그렇다면 알 여섯 개가 하늘에서 내려왔으며 그 알에서 사내아이가 여섯 명 나오더니, 첫째는 수로왕이 되었고 나머지 다섯 사람도 각각 다섯 가야의 왕이 되었다는 가야의 전설 역시?

맞다. 신라 말에서 고려 초까지 김해 주변의 다른 호족들이 소충자처럼 《개황력》 신화에 기생하여 자신들의 성 씨와 조상의 권위를 만드는 데 활용했던 흔적이었다. 이는 곧 고구려, 신라 등 다른 신화들과 마찬가지로 본래는 알 하나에서 김수로 하나만 태어나는 이야기였으나 《개황력》의 권위에 편승하여 10세기를 거치면서 알 5개가 더 추가된 것을 의미한다. 이를 통해 김해 주변의 여러 호족들은 가야 소국의 왕 후손으로 신분을 변경할 수 있었으며 이것만으로도 당시에 상당한 가문의 권위를 자랑할 수 있었을 테니까. 이처럼 가락국기 속 알 여섯 개 등장은 10세기 이후에 추가된 이야기였던 것이다.

흠, 벌써 사천왕사에 도착했네. 역시 생각을 정리하면서 걸으면 시간이 빨리 간다니까. 시계를 보니 오후 3시 40분이라. 음. 그렇군. 그냥 내 느낌이 아니라 정말로 시간이 빨리 가는 거였네.

비석을 찾아보자

　사천왕사는 목탑 두 개에 금당이 하나로 구성된 사찰로 이 사찰 이후로 신라는 탑 두 개를 나란히 배치하는 사찰을 만들게 된다. 예를 들면 감은사지, 불국사 등등. 여기서는 더 이상의 설명은 넘어가고.

　그런데 이 사찰은 당나라와 결전이 다가오자 문무왕이 김천존의 천거로 명랑법사를 만난 뒤 건설한 것으로 당시에는 대당전쟁의 상징과도 마찬가지였다. 즉 새 사찰을 통해 불법의 힘을 선보임으로써 강력한 중국과의 대결에 앞서 신라의 단결된 힘을 보이고자 했음을 알 수 있다. 그런데 이때 명랑법사를 천거한 김천존 역시 가야계 인물로 추정된다는 사실. 역사를 보면 마치 김유신의 오른팔 같은 인물로 활동했으며 문무왕이 특히 신뢰했기 때문이다. 이처럼 사천왕사도 어떻게 보면 가야와 인연이 있는 장소라 하겠다.

오랜 시간이 흘러 사찰의 건축물은 이미 사라졌지만 그럼에도 불구하고 나는 이곳에 오면 꼭 가는 장소가 있다. 절터 근처에는 목이 잘린 거북이가 두 마리 존재하거든. 돌로 만들어진 석조 귀부로 국립경주박물관에서 설명했던 문무왕릉비가 과거 꽂혀 있던 곳이 바로 이곳. 즉 한 인물의 인생을 요약 정리한 비석을 바닥에서 받치고 있던 돌조각이라 하겠다. 오랜만에 보았지만 발톱이 아주 힘 있게 조각된 다리와 육각형의 장식이 그려진 등껍질. 아주 훌륭한 조각이다. 이와 거의 유사한 조각품이 서악동 고분에 국보 25호와 보물 70호로 두 마리 더 존재하는데, 이들은 다행히도 머리도 그대로 남아 있으니 완전한 형태가 궁금하면 방문해 보자.

자, 그럼 슬슬 주변에 비석 깨진 것이 더 있는지 찾아볼까? 국립경주박물관에서 보았듯이 문무왕의 공이 새겨진 비석이 깨진 채 발견되었는데, 아무래도 나머지 일부도 이 근처에 있을까 싶어서 말이지. 실제로 사천왕사 귀부 근처에서는 문무왕의 아들인 신문왕과 관련한 비석 조각이 발견된 적도 있었거든. 그래서 어느 날은 문무왕 비석을 직접 찾아본다

사천왕사 절터에 남아 있는 두 개의 비석 받침돌. 동쪽에 있는 것은 사적비의 받침돌(왼쪽)이고, 서쪽에 있는 것은 문무왕릉비의 받침돌(오른쪽)로 보인다. ⓒ Park Jongmoo

고 경주에 와서 반나절 동안 이 주변을 서성인 적도 있었다. 그러나 결과는 무(無).

이렇게 비석을 찾아보는 척 잠시 주변을 돌다가 높은 풀 사이에 서서 주변을 바라본다. 능지탑지가 아니라 이 주변이 문무왕의 진짜 화장터가 아니었을까? 내 생각에 딱 보아도 문무왕이 유언에 남긴 화장터가 이곳 같단 말이지. 그의 인생 최고 업적인 삼한의 병력을 하나로 모아 당나라를 격퇴했던 역사를 상징하는 사찰. 바로 그 사찰의 앞뜰에서 화장이 이루어진다면, 과연 한 시대 영웅의 마지막으로 어울리는 공간이 아니겠는가. 거기다 다름 아닌 문무왕릉비도 이곳에 세워졌고 말이지. 내 개인적인 생각이다.

문무왕 사후 신라의 중앙 군단은 9서당으로 최종 정리된다. 이들 9부대는 각기 신라인 3개 부대, 고구려인 3개 부대, 백제인 2개 부대, 말갈인 1개 부대 등으로 구성되었다. 이들은 한때 당나라와의 전쟁에 참여했던 병력을 바탕으로 만든 한반도 통합을 상징하는 군단이라고 할 것이다. 특히 흥미로운 점은 신라인 3개 부대 안에는 가야인이 당연히 포함되어 있었기에 사실상 가야인과 신라인은 이 시기에 둘로 나눌 필요가 없을 정도로 완전히 합쳐져 있었음을 보여준다. 이런 모습은 앞으로 고구려, 백제 유민들이 함께 가야 할 길이기도 했다.

한편 발견된 문무왕릉비 조각 기록에 따르면 문무왕의 조상은 삼황오제로부터 시작하여 신라로 와서는 성한왕이라는 인물로 이어진다고 설명한다. 이때 성한왕은 김알지를 추존하며 왕으로 만든 후 붙여진 이름으로 보이며 국립경주박물관에서 살펴본 내용 이후를 조금만 더 언급하자면 다음과 같다.

秺侯祭天之胤 傳七葉以▨▨焉 十五代祖星漢王
降質圓穹 誕靈仙岳 肇臨▨▨ 以對玉欄 始蔭祥林
如觀石紐 坐金輿而(…)
투후(秺侯) 제천(祭天)의 후손으로 7대를 전하

여 ▨▨하였다. 15대조 성한왕은 그 바탕이 하늘에서 내리고 그 영(靈)이 선악(仙岳)에서 나와 ▨▨을 개창하여 옥란(玉欄)을 대하니, 비로소 조상의 복이 상서로운 수풀처럼 많아 석뉴(石紐)를 보고 금가마에 앉아 … 하는 것 같았다.

이처럼 왕가의 족보를 알리는 것은 고구려의 광개토대왕릉비 때도 그렇지만 왕이 중심되는 시대에는 아주 중요한 문화였던 것은 분명해 보인다. 그렇다면 신라 말 호족 출신으로 고려를 세운 왕건의 조상은 어떤 족보와 신화를 가지고 있을까? 갑자기 궁금해지네. 신라 말기 들어와 지방 호족들이 경주 왕족이나 귀족들처럼 성 씨를 쓰기 시작했다 하니 그 대표 주자인 왕건을 보면 쉽게 이해될 테니 말이야.

신라 말 왕건의 전설

왕건의 할아버지 작제건은 다음과 같은 일화를 가지고 있다.

작제건이 장성한 다음 아버지를 찾아 신물인 신궁(神弓)을 가지고 당나라 상선을 탔다. 해상에서 풍랑을 만나 점을 치니 고려인을 섬에 내려놓으라 하였다. 한 노인이 나타나 자신은 서해 용왕인데 늙은 여우가 나타나 경을 외우면 두통을 일으키니 쏘아 달라는 것이었다. 약속한 대로 늙은 여우를 쏘아 죽이니 용왕은 용궁으로 초청하였고, 용녀를 아내로 삼아 칠보와 버드나무 지팡이 및 돼지를 얻어 돌아왔다.

작제건은 왕건의 할아버지로 이름부터 한자로 아예 作帝建이니 "왕이 나올 토대를 만들다"라는 뜻이다. 당연히 진짜 이름은 물론 아니고 왕건이 성공한 후 추존하며 만들어진 이름이었다. 그런데 왕건 일가는 역사를 보면 다음과 같은 역사 흐름으로 성장하였다.

844년, 신라는 강화도에 혈구진이라는 해군 기지를 설치하였다. 강화도는 예성강, 북한강, 한강이 한 곳으로 뭉치는 지역이라 수운 운송에 있어 가치가 높은 곳이다. 그런데 혈구진이 설치된 시기가 다름 아닌 작제건이 활동하던 시기와 유사하니, 강화도 북쪽 개성 지역 호족이었던 왕건 가문은 신라 제도권 내 조세 활동을 후원하는 일을 맡으면서 점차 실력을 키워갔던 것으로 보인다. 그러다 신라 말기가 되어 혼란한 시기가 닥치자 혈구진과 같은 중요 군사 지역에도 경주에서 파견된 관리가 아닌 지방 호족에 의해 운영되는 단계에 이르고 말았다. 이에 왕건 가문은 그 과정에서 큰 역할을 하게 되었고 왕건의 아버지 왕륭은 신라 6두품 관등인 사찬을 사칭하면서 혈구진이 맡던 활동을 가문의 것으로 가져오게 된다. 이때 성 씨도 비로소 왕(王)이라 정했으니 중국에서 무역 등으로 활동하던 신라인들이 왕 씨와 장 씨를 쓰던 것을 가져와 자신들의 성으로 왕 씨를 정했던 것이다.

그러나 가문의 신화로 선보인 작제건의 전설은 다름 아닌 신라의 이야기를 그대로 옮겨온 것이었으니. 그 원문은 진성여왕 시절 당나라 사신으로 가던 인물 중 거타지라는 인물에 대한 이야기이다. 한 번 살펴보자.

거타지가 홀로 섬에 남아 있을 때 한 노인이 못에서 나와 말하기를, "자기는 서해의 신인데, 매일 해가 뜰 때마다 하늘에서 한 중이 내려와 다라니를 외며 못을 3바퀴 돈 후 자기 가족들을 모두 물 위에 뜨게 하여 간을 빼먹어서 이제는 자신과 부인, 그리고 딸 하나만이 남아 있다"고 하면서, 그 중이 나타나면 활로 쏘아 달라고 했다.

거타지가 승낙하자 노인은 물속으로 사라졌다. 그런데 실은 그는 용이 둔갑한 사람이었다.

다음 날 아침 중이 내려와 노인의 간을 먹으려고 했다. 그때 거타지가 활을 쏘아 중을 명중시켰으며, 중은 늙은 여우로 변해 죽었다. 노인은 보답으로 자기의 딸을 아내로 삼아달라고 했다.

노인은 딸을 한 가지의 꽃으로 변하게 해 거타지에

게 주고, 두 마리 용에게 명하여 거타지를 받들고 사신
으로 가는 배를 쫓아가 당까지 그 배를 호위하게 했다.

당나라 사람들은 두 마리의 용이 배를 호위하고
있는 것에 놀라 임금에 아뢰니, 당 임금은 신라의
사신을 비상한 사람이라고 여겨 성대히 대접하고
후한 상까지 내렸다. 신라에 돌아온 거타지는 꽃을
여자로 변하게 하여 행복하게 살았다.

《삼국유사》 진성여왕 거타지조

어떤지? 신라에 존재했던 설화를 거의 똑같은 구
조로 복사하여 왕건의 조상에 입혔음을 알 수 있다.
이런 방식으로 신라 말 지방 호족들은 자신의 선조
를 부각시키는 이야기를 만들 때 종종 신라에서 유
행하는 이야기를 가져온 것이다. 놀랄 일은 아니다.
왜냐면 어제부터 오늘까지 우리는 삼국 시대 대표
적인 신화의 흐름을 탐험해 보았으니까.

즉 난생 설화가 부여→고구려→가야→신라 등
으로 옮겨오며 그 나라와 그 시대 상황에 맞추어 다
른 이야기가 결합되는 과정을 쭉 확인했기 때문이
다. 그러면 이제부터는 마지막으로 구지가를 해석
하기에 앞서 거북이 전설이 담긴 이야기를 해 보기
로 하겠다. 이 역시 우리에게 무척 익숙하지만 이야
기의 원천은 잘 모르니까.

한 유명한 거북이 이야기

《삼국사기》 김유신 열전에는 다음과 같은 이야기가 나온다.

김춘추가 고구려에 청병하러 갔다가 오히려 첩자라는 오인을 받고 옥에 갇혔다. 고구려 왕은 김춘추에게 "마목현과 죽령은 본래 우리나라 땅이니 우리에게 돌려 달라. 그렇지 않으면 돌아갈 수가 없다."라는 이야기를 했다. 이에 김춘추는 "저는 신하로서 그 일은 마음대로 하지 못합니다."라고 거절하였고 이 때문에 옥에 갇히게 된다. 그러자 춘추는 가지고 온 청포 3백 보를 몰래 왕이 아끼는 신하 선도해에게 주니 그가 연락을 하여 함께 술을 마시자 청했다. 선도해는 술에 취하자 농담 삼아 춘추에게 이런 이야기를 들려주었다.

"옛날 동해 용왕의 딸이 병이 들어 앓고 있었다. 의원의 말이, 토끼 간으로 약을 지어 먹으면 능히 나을 것이라고 하였다. 그러나 바다에는 토끼가 없으므로 어찌할 도리가 없었다. 이때, 한 거북이가 용왕께 아뢰어 육지로 토끼를 만나러 나갔다. 육지로 나간 거북은 토끼를 잘 구슬러서 업고 바다에 떠 용궁으로 오는 중이었다. 한 이십 리쯤 가다가 거북이가 뒤를 돌아다보고는 실은 토끼의 간이 필요해서 가는 것이라고 바른말을 하고 말았다. 이에 토끼는 자신이 요즘 마음에 근심이 생겨 간을 꺼내어 씻어 말리려고 바위 위에 널어 두었으니 용궁으로 가 봐야 별 도움이 안 되겠다고 하였다. 귀가 얇은 거북이는 그 말을 곧이듣고 토끼를 태우고 간을 가지러 다시 육지로 올라왔다. 그때를 기다려 토끼는 숲속으로 달아나며 거북이를 조롱하였다."

김춘추가 이 이야기를 알아듣고 그 뜻을 깨우쳐서 고구려왕에게 글을 써 보냈다. "마목현과 죽령은 본래 고구려의 땅입니다. 신이 귀국하면 왕께 청하여 돌려 드리겠습니다. 내 말을 못 믿으신다면 저 해를 두고 맹세하겠습니다." 이 편지를 받은 고구려 왕은 크게 기뻐하고 김춘추를 풀어주었다.

어디서 많이 들어본 이야기이다. 맞다. 우리에게 익숙한 '별주부전(鼈主簿傳)'의 가장 오래된 원문이 바로 이것이니까. 위 이야기의 배경이 되는 7세기에 이미 한반도 사람들은 이 이야기를 알고 있었으니, 꽤 연원이 오래되었음을 알 수 있다.

그러나 이 이야기 역시 다른 지역에서부터 오랜 시간에 걸쳐 옮겨온 이야기라는 사실.

인도에 기원전 3세기 '쟈타카(Jataka)'라는 부처님의 전생 이야기가 있었는데, 이 중 부처의 전생 중 원숭이 시절에 다음과 같은 이야기가 전해진다.

부처님의 전생인 원숭이가 살고 있었다. 근처 물가에 악어 부부가 살고 있었는데, 악어 부인이 원숭이 심장을 먹고 싶다고 했다. 남편은 꾀를 내어 원숭이에게 강 건너에 있는 맛있는 과일을 자랑했다. 원숭이가 이를 먹고 싶어 하자 악어는 내 등에 타면 데려다주겠다고 했다. 이리하여 원숭이를 등에 업은 악어는 물 중간쯤에 이르러 너의 심장을 꺼내어 아내에게 주고자 한다고 했다. 깜짝 놀란 원숭이는 "나의 심장은 나무 위에 걸어두고 왔다."고 말했다. 이에 악어가 원숭이를 다시 업고 물가에 이르자 원숭이는 육지로 달아나 악어의 어리석음을 비웃었다.

이렇게 함께 보니까 더욱 비슷한 구조임이 느껴진다. 그런데 해당 인도 이야기는 중국으로 전해져, 3~5세기에 걸쳐 불설별미후경(佛說鼈獼猴經)이라는 이름으로 알려졌다. 다만 그 과정에서 인도 시절과 비교하여 이야기 구조에 변화가 생겼으니, 육지 동물은 원숭이로 그대로이나 악어는 자라로 바뀌었고 마찬가지로 심장을 원하는 악어의 부인 역시 자라의 부인으로 바뀐 것이다. 이는 중국에서 악어를 대신하여 자라를 넣은 것으로 아무래도 이야기를 듣는 이의 이해를 위해 중국에서 보기 힘든 악어 대신 쉽게 접하는 자라로 바꾼 것임을 알 수 있다.

그리고 이 이야기는 한반도 지역으로 넘어와 내용이 더 풍성해졌다. 역시나 지역 특색에 맞추어 변화가 생겼으니, 자라는 거북이로, 원숭이는 토끼가 되었으며 심장을 원하던 자라 부인은 간을 원하는 용왕이 되었다. 원숭이가 없던 한반도에서 이를 대신할 동물로 토끼가 정해졌음을 의미한다. 그 결과 아픈 용왕의 딸을 위해 충성하는 거북이와 꾀를 부리는 토끼로 변형되어 지금까지도 우리에게 친숙한 구조로 남아 있게 된 것이다.

다만 이야기 변형에서 가장 흥미로운 점은 물론 원숭이→토끼도 물론 그러하겠으나 무엇보다 악어→자라→거북이가 아닐까 싶다. 악어는 육지와 물을 왔다 갔다 하는 동물이며 자라 역시 육지와 강을 왔다 갔다 하는 동물이다. 이렇듯 육지와 물을 모두 이동할 수 있는 동물의 이미지를 극대화한 결과가 다름 아닌 한반도에 도입되며 등장한 거북이라 하겠다. 거북이는 아예 육지와 바다를 왔다 갔다 하는 동물이니까.

이 이야기를 보며 우리는 두 가지를 알 수 있다.

1. 고대부터 지금까지 남아 전해지는 난생 설화를 비롯한 수많은 이야기는 각각의 시대와 지역에 따라 꾸준히 변화하며 살아남은 흔적일 뿐이며, 이에 현재 남은 표현을 바탕으로 과거의 의미도 마찬가지였을 것이라 예단하는 것은 무리가 있다는 점.

2. 거북이를 육지와 바다를 연결해 주는 동물로 과거 한반도 사람들이 인식하고 있었다는 점.

바로 그것이다.

전해져 오는 또 다른 거북이 이야기

　혹시나 있을 문무왕 비석 조각을 찾으려 한참 빙
빙 주변을 돌다가, 돌아와서 돌로 조각된 목이 잘린
귀부를 다시금 바라본다. 그런데 말이지. 조각된 돌
거북이 등 위에다가 비석을 세우는 것은 언제부터
있었던 문화일까?

　경주 서악동 고분을 가면 국보 25호 경주 태종무
열왕릉비가 있는데, 크고 강인한 모습의 거북이가
조각되어 있어 인상적이다. 이미 비석은 사라졌으
나 그럼에도 태종무열왕이라고 새겨진 머릿돌이 남
아 있기에 과거 태종무열왕릉의 비석이 존재했음을
알 수 있다. 바로 이때부터 즉 7세기 중반부터 한반
도에 귀부가 등장하였으니 기존에는 비석을 그냥

경주 서악동 고분의 태종무열왕릉비. 국보 25호. © Park Jongmoo

땅에 세웠다면 태종무열왕 이후로는 거북이 위에다
비석을 세우기 시작한 것이다. 이는 동 시대 당나라
에서 영향을 받은 것으로 만년을 산다는 장수를 상
징하는 거북이 위에 비석을 세움으로써 비의 영원
성을 보장받고자 했기 때문이다.

이후 돌로 조각된 거북이 위에다가 비석을 세우
는 것은 통일신라를 대표하는 문화가 되었다. 처음
에는 왕릉이나 왕과 관련한 장소에 비석을 세울 때
귀부가 함께 만들어 졌다. 그러다 사찰의 고승에게
도 귀부와 함께 비석이 만들어졌는데, 만들어지는
숫자가 늘어나는 만큼 8세기를 거치며 디자인에 변

화가 생긴다. 본래는 살아 있는 거북이 형태로 조각 되었으나 8세기가 되면서 용머리를 한 거북이 디자 인으로 바뀐 것이다. 그리고 9세기 이후부터는 거의 모두가 입에 여의주를 물고 있는 용의 모습으로 변 하였고, 귀부의 표현도 사실적인 형태에서 차차 추 상적인 상상의 동물로 바뀌게 되었다.

그런데 거북이 조각이 점차 용으로 변화하던 8세 기 시점에 다름 아닌 《삼국유사》의 수로부인 전설 이 등장한다. 이야기에 따르면 남편 순정공이 강릉 태수로 부임하여 수로부인과 함께 이동 중, 용이 갑 자기 나타나 부인을 잡아 바다로 간 것이다. 이때 사람들은 수로부인을 구출하기 위하여 구지가의 노 래와 비슷한 노래를 선보이는데, 이를 해가(海歌)라 부른다. 한문 그대로 '바다의 노래'라는 의미. 그럼 다시 한 번 노래를 확인해 볼까?

龜乎龜乎出水路(구호구호출수로)
거북아 거북아 수로를 내놓아라.
掠人婦女罪何極(약인부녀죄하극)
남의 부녀 앗아간 죄 얼마나 클까.
汝若悖逆不出獻(여약패역불출헌)
네 만일 거역하고 바치지 않으면
入網捕掠燔之喫(입망포략번지끽)

그물로 잡아서 구워 먹고 말리라.

다름 아닌 거북이를 통해 용을 부르는 노래로, 왜 용이 수로부인을 바다로 잡아갔는데, 거북이한테 수로 부인을 내놓으라 노래를 부른 것일까? 그리고 왜 만일 돌려주지 않으면 그물로 잡아서 거북이를 구워 먹겠다고 했을까? 여하튼 이 노래를 듣고 용이 겁이 났는지 수로 부인을 다시 데리고 왔다.

구출된 수로부인은 남편 순정공에게 다음과 같이 바다 세계에 대해 말한다.

"칠보로 꾸민 궁전에 먹는 음식들이 달고 부드러우며 향기롭고 깨끗하여 인간 세상의 음식이 아니었습니다."

이 말은 별주부전에서 거북이가 토끼를 꾈 때 바다의 아름다운 궁전과 먹을 것을 강조하며 하는 표현, 바로 그것이 아닌가? 그렇다. 사실 수로부인에 나오는 용은 용왕이고 거북이는 육지와 바다를 연결하는 매개체이며 수로부인은 토끼였던 것이다. 즉 별주부전의 이야기 구조를 바탕으로 실제 역사 인물을 넣어 새롭게 재조합한 전설이니 수로부인 이야기는 다름 아닌 8세기 버전의 별주부전이었던 것. 그렇다면 위 노래 역시 본래는 별주부전을 기반으로 대중들이 부르던 노래가 아니었을까? 수로를 대신하여 토끼를 넣으면 말 그대로 바다로 잡혀간 토끼를 위한 노래가 되니까.

이처럼 나는 이전부터 《삼국유사》 속 수로부인 전설, 그리고 '해가' 노래를 읽으면서 별주부전이 당시 얼마나 인기가 높았는지 이해할 수 있었다. 통일신라 시대 문무왕과 더불어 가장 존경받던 신라 왕인 태종무열왕. 바로 그 김춘추가 고구려에서 탈출할 때 도움을 준 이야기인 데다가 마침 그와 함께 시작된 거북이 비석 문화, 거기다 김춘추 후손이 통치하던 시대에 수로부인으로 응용된 별주부전 이야기까지. 이를 볼 때 통일신라 시대에 별주부전의 인기는 우리의 상상 이상이었던 것이다.

그렇다면 금관가야 시대, 즉 3~5세기에는 구지가와 연결될 만한 거북이 관련한 유물이 없었을까? 아쉽게도 거의 없다. 부산 복천동 가야 고분에서 5세기 초반, 제사를 위해 만들어진 목이 긴 그릇에 거북이가 조그마하게 조각되어 있는 것, 지금까지는 이것 하나뿐이다. 오히려 유물이나 기록을 볼 때 통일신라 전후로 하여 거북이 문화에 압도적인 붐이 일어나고 있었다.

나의 결론은 다음과 같다. 앞서보듯 별주부전은 기원전 3~4세기 인도에서 시작하여 3~5세기 중국을 거쳐 한반도에 들어왔다. 원전 이야기가 불교를 전파하기 위한 구조임으로 불교 문화와 함께 들어왔을 테니 아무래도 6세기 시점부터 한반도에 꽤 알려진 이야기가 되었을 것이다. 그리고 이 이야기는 7세기 김춘추가 고구려에서 탈출할 때 응용되면서 신라에서는 민간까지 엄청난 인기를 누리게 된다. 그 과정에 토끼를 구출하려는 노래가 대중들에게 인기리에 불렸고 그것이 바로 해가의 원전 노래다. 이후 8세기 수로부인에 별주부전 이야기가 응용되면서 토끼 대신 수로부인이 들어가게 되었고 이 역시 통일신라 시대에 대단한 인기를 누리게 된다. 오죽하면 《삼국유사》에 실릴 정도가 되었으니.

그러다 10세기에 들어와 수로부인이 주인공이 되어 바다를 기반으로 불린 노래에 주목한 지역이 나타났다. 그곳은 김해였다. 개성의 왕건 가문이 신라에서 유행한 이야기를 그대로 가져와 선조의 전설로 붙인 것처럼 김해는 호족의 시대가 열리며 다시금 부각되던 수로왕을 위해 동일한 발음을 지닌 주인공, 즉 수로부인 전설에 관심을 가진 것이다.

이에 김해 지역의 민간에서는 수로부인 노래에서 일부 살을 빼 구지가(龜旨歌)라는 노래를 널리 불렀으니,

龜何龜何 (구하구하) 거북아 거북아

부산 복천동 11호분에서
출토된 거북장식 원통형
기대 및 단경호.
보물 2059호.
ⓒ Park Jongmoo

首其現也 (수기현야) 머리를 내어라.

若不現也 (약불현야) 내놓지 않으면

燔灼而喫也 (번작이끽야) 구워서 먹으리.

가 그것이다. 사실 별주부전을 바탕으로 하는 해가에서는 분명 사람들이 거북이를 괴롭혀야 할 당위성이 있다. 바다가 데리고 간 수로부인, 즉 토끼를 다시 내놓으라며 바다와 육지를 연결하며 사기를 친 거북이의 죄를 논하는 것이 논리적으로 이어지니까. 반면 구지가에서 나의 가장 큰 의문은 "왜 이유 없이 거북이를 괴롭히지?"였다. 그러나 이미 유명해진 노래를 받아와 수로부인, 즉 토끼를 뺀 채 노래를 부른 상황이라 보면 충분히 그 분위기를 이해할 수 있게 된다. 통일신라 시대 거북이 이야기가 워낙 유명해지자 굳이 토끼를 상징하는 부분이 없더라도 사람들은 점차 거북이를 응용한 노래를 부르며 바다에 자신의 소원을 빌 수 있게 된 것이다. 당연히 토끼가 생략된 만큼 더욱 쉽고 대중적 노래가 되었을 테고 단순한 노래 가사 역시 그 과정에서 만들어진 결과물이었다.

그러다가 11세기인 고려 문종 때 금관주지사(金官州知事), 즉 김해에 파견된 지방관을 지낸 문인(文人)이 가락국기를 집필할 때 《개황력》뿐만 아니라 민간에서 유행하던 이야기까지 다 수집하여 다시금 수로왕 전설을 정리하였고, 이때 구지가는 바다 근처 하늘에 요청하여 왕을 부르는 노래로 변경된 채 가락국기 안에 들어가게 된다.

이처럼 구지가는 별주부전을 바탕으로 한 해가가 신라에서 큰 인기를 끈 이후 이를 응용하여 만들어진 노래였다.

마지막으로 여행을 정리

아이쿠, 허리야 고개를 아래로 하고 땅만 본 채 한동안 쭉 찾아다녔더니, 뻐근하다. 기지개 좀 펴자. 오늘도 역시나 허탕인가보다. 문무왕릉비의 나머지 부분은 언제, 누구의 손에 다시 나타나려나?

그럼에도 개인적으로 문무왕의 진짜 화장터라 생각하는 곳에 한참 있었더니 뜨거운 에너지가 올라오는 것 같군. 내가 참 문무왕을 좋아하는 것 같다. 그러니 다음에 또 와서 비석의 나머지 부분을 찾아보기로 하자. 자, 그럼 오후 4시 40분이 되었기에 경주 시내로 가서 저녁을 먹고 안양으로 떠나야 겠다. 버스 정류장이 바로 옆에 있으니, 버스를 타고 돌아가야지. 온종일 걸었더니 다리가 좀 아프네.

아참. 떠나기 전에. 오늘 경주 여행에서 알아본 수로왕의 전설까지 합쳐서 이번 가야 여행의 이야기를 마지막으로 쭉 정리해 보려 한다.

1. 3~4세기 금관가야는 한반도 남부에서 최고 수준의 문화와 군사력을 지닌 곳이었으며 그 과정에 나름 왕이라 부를 만한 권력자가 등장하였다. 이들은 출토 유물을 보아 부여, 고구려 등 북방과 연결되는 지점이 분명 있었다. 북방 출신인지는 알 수 없으나 상당한 영향을 받은 것은 분명한 사실.

2. 이에 3~4세기에 걸쳐 부여 및 고구려에서 유행하던 난생 설화를 바탕으로 김해에 수로왕의 전설이 만들어졌다. 이를 위해 당시까지 전해져 오는 역사를 바탕으로 100~200년 전의 선조를 의미 있는 인물로 포장시킨다. 그 결과 주변국, 특히 신라보다 더 오랜 전통을 지닌 국가로 올라서고자 한 것이다.

3. 당시 스토리 원형을 최대한 복구해 보면 OOO라는 시조가 알에서 태어났는데, 그는 라이벌 신라의 왕이 되는 석 씨와 대립에서 승리하였고 뒤이어 주변 세력과 결혼 동맹을 통해 더 큰 국가를 만들어냈다는 내용이었다. 이는 3~4세기 당시 금관가야가

직면한 상황을 바탕으로 과거부터 응당 그래 왔다는 정당성을 구비하는 전설이기도 했다. 여기까지가 가야에서 만들어진 수로왕 전설의 기본 틀이었다.

4. 잘나가던 금관가야에게 위기가 닥친다. 낙랑과 대방이 고구려로부터 축출되면서 바닷길 무역로가 약화된 것이다. 할 수 없이 4세기 중반부터 가야는 일본 무역에 집중한다. 반면 동 시대 신라는 고구려와 육지로 연결하면서 높은 수준의 위세품을 얻을 수 있었다.

5. 4세기 중후반, 백제로부터 바닷길 무역로가 다시 열린다는 소식이 왔다. 이에 금관가야는 적극적으로 백제와 연결을 꾀한다.

6. 4세기 후반 고구려와 백제가 대립하는 상황에서 백제는 금관가야와 일본을 지원하여 고구려 동맹국인 신라를 공격하도록 한다. 이에 금관가야는 일본과 함께 눈엣가시였던 신라를 압박하는 전쟁에 가담하였는데, 400년 광개토대왕의 5만 대군이 신라를 지원하기 위해 파견되면서 모든 계획은 수포가 된다.

7. 5세기 들어와 고구려의 지원을 받던 신라와 국력에 있어 현격한 차이가 나기 시작하였고, 이런 금관가야를 대신하여 고령의 대가야가 가야의 중심국으로 떠오른다.

8. 5~6세기에 대가야는 자신감이 붙었는지 금관가야를 동생으로 대가야를 형으로 하는 신화를 만들었고 여기서 금관가야의 시조는 푸른 후손, 즉 "바다의 자손"이라는 명칭으로 불렸다. 아마 당시 김해에서 금관가야 시조를 부르는 명칭 역시 이와 유사한 의미를 지녔을 것이다.

9. 근근이 버텨가던 금관가야는 결국 6세기 초반에 신라에 병합된다. 금관가야 마지막 왕이었던 김구해는 아들들과 함께 항복하였는데, 신라는 이들을 왕족으로 대접하였다.

10. 김유신의 할아버지인 김무력은 6세기 중반 한강 유역을 신라의 것으로 만드는 데 큰 공을 세웠고, 그 결과 신라 내 명문 가문으로 올라설 수 있었다. 이에 김무력의 아들 김서현은 무려 진흥왕의 아우인 숙흘종(肅訖宗)의 딸과 결혼을 하니, 그런 만

큼 《개황력》이라는 책을 통해 당시 신라의 여러 진골처럼 신라 왕실 못지않은 귀한 혈통임을 보여주고자 했다. 이로써 김 씨 성을 지닌 선조와 김 씨 성 사용이 가능해진 것이다.

11. 이런 성과를 바탕으로 진골 가문이었던 김춘추와 김유신은 결혼 동맹을 만들어냈다. 그리고 끝내 김춘추가 진골 신분으로 신라 왕에 오르면서 가야계는 신라에서 단순한 진골 가문이 아닌 왕비 가문으로 올라섰다.

12. 그러자 7세기 중반부터 새로운 전설이 만들어졌으니 금관가야와 신라의 시조가 본래 중국의 삼황오제로부터 나왔으며 이에 동일하게 김 씨를 성으로 삼았다는 것이 그것이었다. 같은 조상을 지녔다는 새로운 신화를 바탕으로 김유신과 김춘추, 그리고 이들을 따르는 신라 내 여러 가문들은 적극적으로 김 씨 성을 사용하는 시대를 연다. 즉 왕뿐만 아니라 귀족까지 성을 적극 활용하는 시대가 된 것이다.

13. 왕비 가문이 된 만큼 금관가야 시조에 대한 이야기 역시 다시 정리되었고 그 결과 현재의 경주

에 기반을 둔 금관가야계 진골들은 소호금천 씨를 시조로 하면서 금관가야 시조는 한반도로 넘어온 중시조로 모신다.

14. 7세기의 삼한일통 시기에 백제, 고구려, 마지막으로는 당나라까지 물리치면서 신라는 한반도를 하나로 통합한 최초의 세력이 되었다. 이때의 공으로 김유신과 문무왕은 신라 역사 내내 최고의 경배 대상이 된다.

15. 그러나 세월이 지나 9세기 들어와 김춘추 직계가 신라 왕이 되던 시대는 완전히 막을 내리고 이와 함께 김춘추 가문과 동일한 신화를 바탕으로 정체성을 유지하던 김유신 가문도 영향력이 크게 약화된다.

16. 그럼에도 불구하고 김유신은 새로운 신라 왕계에서도 존중을 받아 흥무대왕으로 추존되니 이때가 9세기 초반이다.

17. 한편 신라는 경주뿐만 아니라 5소경을 중심으로 지방에서도 도시 문화가 크게 발달하게 되는데, 그 과정에서 김해에서는 과거 금관가야를 뿌리

로 하는 지방 귀족이 등장하였다. 이들은 문무왕과 김유신의 인연을 바탕으로 9세기 들어와 수로왕 전설을 다시금 부각시켰고 이것과 연결되어 김해만의 도시 정체성이 확립된다.

18. 10세기가 되니 신라는 다시금 분열의 시대를 맞이하게 된다. 한반도 전역에서 호족들은 자신들의 성 씨와 조상을 각기 만들며 세력을 키웠는데, 이들은 자신들의 조상에 대한 전설을 만들 때 신라에서 유행하던 이야기를 그대로 가져와 덧붙이기도 했다. 실력이 있으면 너도나도 호족이 되는 판에 구별점을 주기 위하여 위대한 선조 만들기에도 경쟁적으로 임했기 때문이다.

19. 그 과정에서 김수로 전설에 관심을 가지는 세력이 경상도 지역에 여럿 등장하였고 결국 이들의 요구로 여섯 개 알에서 여섯 가야의 왕이 나왔다는 이야기가 수로왕 전설에 추가된다.

20. 더 나아가 김해 지역에서는 신라에서 유행하던 거북이 노래를 가져와 수로왕 전설에 덧붙인다. 이로써 구지가가 더해진 것이다. 이 노래를 11세기 고려 시대에 가락국기를 집필하면서 집어넣는다.

21. 한편 김해에 자리 잡고 있던 또 다른 세력은 과거 금관가야의 왕비 가문이었던 것을 부각시켜 조상과 연결하였다. 이에 마침 8세기 후반부터 신라에 전해진 아유타국이라는 인도 지역을 가져와 인도에서 온 황후라는 전설을 덧붙이게 된다. 나름 불교적 전설로 격을 높인 것이다. 이 시점도 마찬가지로 10세기 이후의 일이었다.

휴. 이렇게 정리해 보니 어제부터 오늘까지의 여행 목적은 충분히 달성한 것 같다. 1부는 광개토대왕릉비, 2부는 수로왕 전설, 이 두 가지 주제를 내 눈으로 직접 확인하려다 보니 여기까지 오게 되었네. 이처럼 가야의 전설은 처음에는 북방에서 영향을 받아 만들어졌지만 그 이후에도 스토리가 꾸준히 추가되면서 현재의 모습에 이르게 되었다. 덕분에 수로왕 전설의 흐름만 잘 따라가 보아도 가야 초기부터 통일신라 말기까지 역사를 확인할 수 있는 것이다.

뿐만 아니라 그 다난한 과정을 통해 수로왕은 영원불멸의 이름을 지닐 수 있게 되었다. 1~2세기 인물이 무려 11세기에도 언급될 정도니 말이지. 그 힘은 역시나 스토리텔링에 있었다. 앞서 보듯 시대에 맞추어 조금씩 스토리가 변하였기에 수백 년에 걸친 사회의 변화 속에서도 꾸준히 경배의 대상이 될 수 있었던 것이다. 이는 곧 고구려, 신라 등 다른 난생 설화를 지닌 선조들보다도 더 오랜 기간 동안 더 많은 후손들과 가까이 해왔음을 의미하니까. 그때마다의 스토리 변화 과정 역시 오랜 기간 여러 후손에게 받은 관심으로 얻은 위대한 훈장이라고 할 수 있겠지.

그럼 혹시 기회가 되면 다음 여행 때 또 다른 이야기로 만나기로 하고. 이만 안녕~ 배가 너무 고프니 밥 먹으러 경주 시내로 가야겠어. 마침 정류장으로 버스가 오네.

에필로그

"가야 책도 써 보세요."

출판사 대표님으로부터 이전부터 가야 이야기에 대해 여러 번 권유를 받았는데, 백제 역사를 담은 '나 혼자 백제 여행', 신라 역사를 담은 '나 혼자 경주 여행' 과는 달리 자신이 조금 없었다. 책 내용에 대한 자신이 없는 것이 아니라 과연 가야를 주제로 한 책이 판매가 가능할까에 대한 자신감이랄까.

그래도 경주는 1년에 1,200만 명 이상이 방문하는 도시이고, 백제 역시 충청도 백제 문화 지역에만 1년에 200만 명 이상, 그리고 900만 이상이 사는 한반도 최대 도시인 서울 역시 한성백제의 역사가 담겨있다. 즉 최소한 출판사가 손해 보지 않는, 어느 정도 판매

량을 기대할 만한 기본 시장 구조가 있다는 의미다.

반면 가야는? 부산, 김해 등지에 풍부한 유적지가 있으나 이 지역에 사는 사람부터 가야라는 지명은 잘 알지만 유적지나 관련 박물관은 어디 있는지 잘 모르는 사람이 태반이다. 상황이 이러니 외부 관광객은 더욱 더 모른다. 그래서 처음에는 나 좋아라 책을 쓸 수는 없는 노릇이니 대표님의 제안을 완곡히 거절했다.

그러던 어느 날, 출판된 백제와 경주 책 후기에 가야 책을 써 달라던 한 독자의 댓글이 있었나보다. 이것을 출판사 대표님이 스크린 샷으로 찍어 내게 보내주자, '뭐. 그렇다면 써보자.' 하는 결심이 들었다. 출판사부터 이처럼 가야 책을 낼 각오가 되어 있다니 쓸 용기가 갑자기 생긴 것이다.

사실 역사로 보면 금관가야는 6세기에 멸망했지만 이대로 끝난 것은 아니었다. 삼국 통일 시기 대단한 업적을 세운 이들이 가야계 신라인이었으니 한반도 역사에 있어 지금까지도 이어지고 있는 거대한 흔적을 남긴 것이다. 다만 나 역시 처음부터 가야에 관심을 가진 것은 아니었다. 금관가야계라는 김유신에 큰 관심을 지니고 있다가 어느 날 그에 심취하여 아예 김유신 일대기를 책으로 쓴 적이 있었는데, 이때 신라뿐만 아니라 가야 지역까지 유적지, 박물관을 돌며 엄청나게 방문했던 것이다. 물론 김유신을 더 자세히 알기 위해서 말이지. 그리고 그 과정 속에서 전설이 아닌 역사 속 수로왕, 더 나아가 잊힌 역사가 아닌 통합의 역사가 된 가야를 서서히 알게 되었다.

한편 김유신과 문무왕이 세운 업적에 대해 당대 신라인들은 삼한일통이라 불렀나보다. 사실 삼한은 마한, 진한, 변한으로 마한은 백제로, 진한은 신라로, 변한은 가야로 각기 발전된다. 그렇다면 신라인들은 고구려를 제외한 채 그들의 업적을 삼한일통이라 한계지어서 표현한 것일까? 당연히 아니었다.

9세기 통일신라의 대표적 문장가인 최치원은 당나라 태사시중께 올리는 글에서 "삼한이 곧 삼국이며 마한은 고구려, 변한은 백제, 진한은 신라"라고 말하였다. 이는 곧 6세기에 가야가 신라에 흡수되자 이들을 진한, 즉 신라와 하나로 결합시키고 이렇게 신라와 함께하게 된 가야를 대신하여 고구려를 삼한으로 포함하려는 인식이 생겨났음을 보여준다. 이에 신라는 당나라와의 결전을 통해 한반도 내 종족을 하나로 묶으면서 삼한일통 의식을 유달리 강조하였으며, 이것은 최초로 등장한 한반도 내 동일한 민족 의식이라 불릴 만한 사건이었다.

세월이 지나 고려 시대에 만들어진 《삼국사기》에는 김유신 열전이 포함되어 있었는데, 그의 삶을 최종 정리하는 부분에서 "삼한은 한 집안이 되었고 백성은 두 마음을 갖지 않았다."라는 내용이 나온다. 이는 고려인이었던 김부식이 남긴 글로 "삼한 = 삼국"이라는 인식이 신라를 거쳐 고려 시대에도 강하게 이어졌음을 보여준다. 그리고 조선 전기까지 "삼한 = 삼국"이라는 인식은 여전하였으나 조선 후기가 되자 실학을 통해 역사지리에 대한 관심이 커지면서 비로소 가야 역사가 다시금 부각되었고 그 결과 우리에게 익숙한 "삼한 = 백제, 신라, 가야"로서 다시 돌아오게 된다.

이처럼 신라가 구축한 삼한일통 의식은 고려, 조선까지 수백 년에 걸쳐 당연하듯 인식되었으니, 한반도 역사에 있어 최초로 등장한 민족 개념이었기에 그랬던 것이 아닐까? 그리고 그 시작점에 다름 아닌 가야 역사가 있었던 것이다. 이렇게 한때는 신라와 크게 대립하였으나 나중에는 삼한일통에 있어 누구보다 접착제 역할에 충실했던 가야에 대한 이야기를 이 책에서 하고 싶었다. 수로왕의 전설과 함께 가야 피가 섞인 김유신과 문무왕이 바로 그 결정체이기도 하다. 책의 1부는 광개토대왕릉비 2부는 수로왕으로 구분시킨 이유도 이 때문.

자. 이제 내가 목표한 지점까지의 이야기가 잘 구성되었는지는 독자의 판단에 맡기고자 한다.

참고 문헌

고대 한국의 국가와 제사, 최광식, 한길사, 1994년

가야, 백제와 만나다, 한성백제박물관 2017년

가야 본성, 칼과 현, 국립중앙박물관, 2019년

가야 연맹사, 김태식, 일조각, 1999년

김알지 건국 신화 속에서 탄생한 신라 금관, 이송란, 〈신라사학보〉, 신라사학회, 2008년

낙랑군 연구, 오영찬, 사계절, 2006년

묘제의 변천을 통하여 본 신라 사회의 발전 과정, 변태섭, 〈역사교육〉, 역사교육연구회, 1964년

미완의 문명 7백 년 가야사, 김태식, 푸른역사, 2002년

사국 시대의 한일 관계사 연구, 김태식, 서경문화사, 2014년

삼국사기, 김부식

삼국유사, 일연

신라 상고기 정치 변동과 고구려 관계, 장창은, 신서원, 2008년

신라 시대의 친족 집단, 김철준, 한국사연구회, 1968년

신라 왕실 삼성(三姓)의 연원, 김기흥, 〈한국 고대사 연구〉, 한국고대사학회, 2011년

신라 왕실의 김유신에 대한 인식 변화와 그 推尊, 채미하, 〈한국사학보〉, 고려사학회, 2015년

신라의 정치 구조와 신분 편제, 서의식, 혜안, 2010년

신라 정치 사회사 연구, 이기백, 일조각 1999년

신화와 역사의 간극에 대한 한 연구 ─김수로왕 신화의 역사적

이해, 이봉일, 〈국제 한인 문학 연구〉, 국제한인문학회, 2014년
"팔색조 내후성 강판", 이종민, 포스코경영연구원, 2010년

찾아보기

일상이 고고학 나 혼자 가야 여행

1판 1쇄 발행 2021년 4월 20일
1판 2쇄 발행 2022년 7월 18일

지은이   황윤
펴낸이   김현정
펴낸곳   책읽는고양이 / 도서출판리수

등록   제4-389호(2000년 1월 13일)
주소   서울시 성동구 행당로 76 110호
전화   2299-3703
팩스   2282-3152
홈페이지   www.risu.co.kr
이메일   risubook@hanmail.net

ⓒ 2021, 황윤
ISBN 979-11-86274-80-4 03810

※책값은 뒤표지에 있습니다.
※잘못 제본된 책은 바꾸어 드립니다.